KB118876

맡겨진 소녀

FOSTER

Copyright ⓒ 2010 by Claire Keegan
All rights reserved.
Korean translation copyright ⓒ 2023 by DASAN BOOKS CO.,LTD.
Korean translation rights arranged with Curtis Brown Group Limited through EYA(Eric Yang Agency)

이 책의 한국어판 저작권은 EYA(Eric Yang Agency)를 통해 Curtis Brown Group Limited와 독점 계약한 (주)다산북스가 소유합니다. 저작권법에 의하여 한국 내에서 보호를 받는 저작물이므로
무단전재 및 복제를 금합니다.

맡겨진 소녀

foster

클레어 키건 소설

허진 옮김

이타 마커스를 위하여

그리고 데이비드 마커스를 기억하며

차
례

1

일요일 이른 아침, 클로너걸에서의 첫 미사를 마친 다음 아빠는 나를 집으로 데려가는 대신 엄마의 고향인 해안 쪽을 향해 웩스퍼드 깊숙이 차를 달린다. 덥고 환한 날이다. 들판에 군데군데 그늘이 드리워져 있고 길을 따라 푸릇한 빛이 갑자기 일렁인다. 우리는 아빠가 포티파이브 카드 게임에서 빨간 쇼트혼 암소를 잃었던 실레일리 마을을 통과하고 그걸 딴 사람이 곧장 소를 팔아 치웠던 카뉴 시장을 지난다. 아빠는 조수석에 모자를 내던지더니 차창을 내리고 담배를 피운다. 나는 땋은 머리를 풀고 뒷좌석에 누워 뒤창을 통해서 하늘을 바라본다. 군데군데 푸른 하늘이 드러나 있고 분필을 칠한 듯한 구름이 떠 있다. 하지만 대체로는 얼기설기 지나는 전선에 긁힌 듯한 나무들과 하늘이 어지럽게 뒤섞여 있고, 이따금 작은 갈색 새 떼가 전속력으로 날아가며 사라진다.

킨셀라 아주머니와 아저씨의 집은 어떨까 궁금하다. 키 큰 여자가 나를 내려다보며 갓 짜서 아직 따뜻한 우유를 마시라고 하는 모습이 그려진다. 또 가능성은 훨씬 낮지만 앞치마를 입은 여자가 프라이팬에 팬케이크 반죽을 부으며 한 장 더 먹고 싶은지 묻는 장면도 그려진다. 엄마가 가끔 기분이 좋을 때 그러는 것처럼 말이다. 남편도 키가 더 크지는 않을 것이다. 아저씨는 나를 트랙터에 태우고 시내로 가서 레드 레모네이드와 감자칩을 사주겠지. 아니면 나더러 헛간을 청소하고 밭에서 돌을 골라내고 돼지풀과 소루쟁이를 뽑으라고 시킬지도 모른다. 아저씨가 주머니에서 뭔가 꺼내는 걸 보고 나는 50펜스 동전이면 좋겠다고 생각하지만 알고 보니 손수건일 거다. 두 사람의 집은 낡은 농

장 가옥일까 아니면 새로 지은 단층집일까, 화장실은 밖에 있을까 아니면 변기도 있고 수돗물도 나오는 실내 화장실일까 궁금하다. 나는 캄캄한 침실에서 다른 여자애들이랑 같이 누워 아침이 오면 두 번 다시 꺼내지 않을 이야기를 나누는 내 모습을 상상한다.

시간이 한참 지난 듯하더니 차가 속도를 늦추어 좁고 포장된 진입로에 들어서고, 바퀴가 캐틀그리드*를 밟자 전율이 인다. 양옆으로 두터운 관목이 네모나게 손질되어 있다. 진입로 끝에 길쭉하고 하얀 집과 가지가 땅에 끌리는 나무들이 있다.

"아빠." 내가 말한다. "나무 좀 봐요."

"나무가 뭐?"

"아픈가 봐요." 내가 말한다.

"수양버들이잖아." 아빠가 목을 가다듬는다.

마당으로 들어서자 길쭉하고 반짝이는 유리창이 우리의

* 구덩이를 파고 격자망을 덮어 자동차는 지나갈 수 있지만 가축은 지나가지 못하게 만든 장애물.

도착을 비춘다. 뒷자리에 앉은 내 모습은 머리가 온통 헝클어져서 집시 아이처럼 지저분하지만, 운전석에 앉은 아빠는 그냥 우리 아빠 같다. 나무 그림자가 져서 털이 얼룩덜룩해 보이고 목줄을 하지 않은 커다란 개가 건성으로 사납게 몇 번 짖더니 계단에 앉아서 문간을 돌아본다. 어떤 남자가 나와 서 있다. 언니들이 가끔 그리는 남자들처럼 어깨가 떡 벌어졌지만 눈썹이 하얀 게 머리카락과 똑같다. 키가 크고 팔이 긴 외갓집 사람들과 전혀 닮지 않아서 우리가 집을 잘못 찾아왔나 하는 생각이 든다.

"댄." 아저씨가 몸에 뻣뻣하게 힘을 준다. "잘 지내나?"

"존." 아빠가 말한다.

두 사람은 가만히 서서 잠시 마당을 바라보더니 비 이야기를 한다. 비가 너무 적게 왔다, 밭에 비가 좀 내려야 한다, 킬머크리지 신부님이 오늘 아침에 비를 내려달라고 기도를 드렸다, 이런 여름은 처음이다. 잠시 대화가 끊긴 사이에 아빠가 침을 뱉고, 대화는 다시 소의 가격, 유럽경제공동체, 남아도는 버터, 소독액과 석회 가격으로 흘러간다. 나에게도 익숙한 모습이다. 남자들은 이런 식으로 사실은 아무 이야기도 나누지 않는다. 장화 뒤꿈치로 잔디를 뜯고, 차를 몰고 가기 전에 지붕을 철썩 때리고, 침을 뱉고, 다리를 쩍 벌리고 앉기를 좋아한다. 신경 쓸 것은 아무것도 없다는 듯이 말이다.

아주머니가 밖으로 나오면서 남자들에게는 눈길도 주지 않는다. 키는 우리 엄마보다 크고 머리카락은 엄마랑 똑같은 까만색이지만 헬멧처럼 짧게 잘랐다. 날염 블라우스와 갈색 플레어 바지 차림이다. 자동차 문이 열리더니 아주머니가 나를 밖으로 꺼내서 입을 맞춘다. 입맞춤을 받은 내 얼굴이 아주머니의 얼굴과 맞닿은 채 뜨거워진다.

"널 마지막으로 봤을 때는 유아차에 타고 있었는데." 아주머니가 대답을 기대하며 물러선다.

"유아차는 부서졌어요."

"어쩌다가?"

"남동생이 손수레처럼 밀고 다니다가 바퀴가 빠졌어요."

아주머니가 웃으며 자기 엄지를 핥더니 내 얼굴에 묻은 무언가를 닦아준다. 엄마의 엄지보다 부드러운 손가락이 뭔지 모를 것을 말끔하게 닦아내는 느낌이 든다. 아주머니가 내 옷을 보자 나도 아주머니의 눈을 통해서 내 얇은 면 원피스와 먼지투성이 샌들을 본다. 우리 둘 다 무슨 말을 해야 할지 모르는 순간이 흐른다. 묘하게 무르익은 산들바람이 마당을 가로지른다.

"들어가자, 아가."

아주머니가 나를 안으로 이끈다. 복도로 들어가자 잠시 깜깜해진다. 내가 머뭇거리자 아주머니도 같이 머뭇거린다. 후끈거리는 부엌으로 들어가니 아주머니가 나에게 앉으라고, 내 집처럼 편하게 있으라고 말한다. 빵을 굽는 냄새 외에도 소독약 냄새와 표백제 냄새가 살짝 난다. 아주머니가 오븐에서 루바브 타르트를 꺼내 식힘 망에 얹는다. 얇은 페이스트리는 시럽이 부글거릴 정도로 뜨겁고 바삭하게 구워졌다. 문으로 시원한 바람이 한 줄기 들어오지만 부엌은 뜨겁고 고요하고 깨끗하다. 길쭉한 물잔에 꽂힌 길쭉한 프랑스국화는 물잔만큼이나 고요하다. 어디에도 아이의 흔적은 없다.

"그래, 엄마는 어떻게 지내시니?"

"복권을 샀는데 10파운드에 당첨됐어요."

"설마."

"진짜예요." 내가 말한다. "그래서 다 같이 젤리랑 아이스크림을 사 먹고 엄마는 자전거 튜브랑 수리 도구를 새로 샀어요."

"음, 크게 한턱 썼구나."

"맞아요." 내가 말한다. 오늘 아침 내 두피에 닿았던 쇠빗살, 머리를 촘촘하게 땋던 엄마의 손힘, 내 등에 단단하게 닿았던 아기를 품은 엄마의 배가 다시 느껴진다. 나는 엄마가 여행가방에 싸준 깨끗한 팬티와 편지를 떠올리고 엄마가 뭐라고 썼을까 생각한다. 둘이서 이런저런 이야기를 했었다.

얼마 동안 맡아달라고 하지?

원하는 만큼 데리고 있으면 안 되나?

그렇게 말하면 돼? 아빠가 말했다.

당신 하고 싶은 대로 말해. 어차피 늘 그러잖아.

아주머니가 에나멜 주전자에 우유를 채운다.

"엄마가 아주 바쁘시겠구나."

"일꾼들이 풀을 베러 오기를 기다리고 있어요."

"건초가 아직도 다 안 됐어?" 아주머니가 말한다. "좀 늦은 거 아니니?"

남자들이 마당에서 들어오자 잠시 어둑해졌다가 두 사람이 자리에 앉으니 다시 밝아진다.

"음, 에드나." 아빠가 의자를 빼며 말한다.

"댄." 아주머니가 다른 목소리를 내며 말한다.

"푹푹 찌네요."

"정말 덥지." 아주머니가 돌아서서 주전자를 지켜보며 기다린다.

"밭에 비가 조금만 와도 좋을 텐데 말이에요."

"곧 충분히 오겠지." 아주머니는 그림이라도 걸려 있는 것처럼 벽을 바라보지만, 그림 같은 건 없고 시곗바늘 두 개와 큼직한 황동 추가 흔들리는 커다란 마호가니 시계뿐이다.

"그래도 올해 건초는 참 잘됐잖아요. 이렇게 잘된 건 또 처음 봐요." 아빠가 말한다. "건초 넣어두는 다락이 가득 찼어요. 던져 넣다가 서까래에 부딪치는 바람에 머리가 쪼개지는 줄 알았다니까요."

나는 아빠가 왜 건초에 대해서 거짓말을 할까 생각한다. 아빠는 진짜 그러면 좋겠다 싶은 거짓말을 자주 하는 편이다. 저 멀리 어딘가에서 누가 사슬톱을 켜는지 크고 무서운 말벌이 멀찍이서 웅웅거리는 것 같은 소리가 계속 난다. 나도 저 밖에 나가서 일하고 싶다. 가만히 앉아 있는 것이 익숙하지 않아서 손을 어떻게 해야 할지 모르겠다. 아빠가 나를 여기 두고 가면 좋겠다는 마음도 들지만 내가 아는 세상으로 다시 데려가면 좋겠다는 마음도 든다. 이제 나는 평소의 나로 있을 수도 없고 또 다른 나로 변할 수도 없는 곤란한 처지다.

주전자가 부글부글 끓으며 김을 피워 올리자 철제 뚜껑이 달각거린다. 창틀에서 까만색과 흰색이 섞인 고양이가 얼핏 움직인다. 딱딱하고 깨끗한 바닥 타일 위로 길게 뻗은 아주머니의 그림자가 내 의자에 닿을락 말락 한다. 킨셀라 아저씨가 자리에서 일어나 찬장에서 접시를 여러 장 꺼내더니 서랍을 열고 포크와 나이프, 찻숟가락을 꺼낸다. 그런 다음 비트 피클 병의 뚜껑을 열고 작은 서빙 포크로 꺼내 접시에 담고서 샌드위치 스프레드와 샐러드 크림을 꺼낸다. 아빠가 유심히 지켜본다. 잘게 썬 토마토와 양파가 큰 그릇에 담겨 있고 신선한 빵 한 덩이와 붉은 체더치즈도 있다.

"메리는 어떻게 지내?" 아주머니가 말한다.

"메리요? 애 나올 때가 다 됐어요." 아빠가 만족스럽게 뒤로 기대어 앉는다.

"막내는 잘 크고 있지?"

"예." 아빠가 말한다. "애들 먹이는 게 골치예요. 애들이 식성은 제일 좋잖아요. 얘도 마찬가지고요."

"아, 우리도 한창 클 때는 많이 먹었지." 아주머니는 아빠가 꼭 알아야 한다는 듯이 말한다.

"먹기야 많이 먹겠지만 대신 일을 시키세요."

킨셀라 아저씨가 고개를 든다. "전혀 그럴 필요 없어." 그가 말한다. "에드나의 집안일이나 좀 도우면 돼."

"애는 기꺼이 맡을게." 아주머니가 거든다. "얼마든지 괜찮아."

"먹을 건 엄청나게 축낼 겁니다." 아빠가 말한다. "하지만 열두 달 지나면 다 잊어버리겠죠."

우리가 식탁 앞에 앉자 아빠가 비트 피클로 손을 뻗어서 서빙 포크 대신 자기 포크로 접시에 담는다. 비트가 분홍색 햄을 물들이더니 빨갛게 번진다. 찻잔이 채워진다. 포크와 나이프가 접시에 놓인 것을 자를 때를 빼면 식사를 하는 동안에는 정적이 흐른다. 잠시 후 타르트를 자른다. 뜨거운 페이스트리 위로 크림을 붓자 웅덩이처럼 고인다.

이제 아빠는 나도 데려다주었고 배도 채웠으니, 담배 생각이 간절하다. 한 대 피우고 그만 가고 싶은 것이다. 늘 똑같다. 아빠는 어디에서든 뭘 먹고 나면 오래 머물지 않는다. 날이 어두워졌다가 다시 밝을 때까지 이야기를 나눌 수 있는 엄마와는 다르다. 엄마가 정말 그런 적이 있는지 모르겠지만 아무튼 아빠의 말에 따르면 그렇다. 엄마는 할 일이 산더미다. 우리들, 버터 만들기, 저녁 식사, 씻기고 깨워서 성당이나 학교에 갈 채비시키기, 송아지 이유식 먹이기, 밭을 갈고 일굴 일꾼 부르기, 돈 아껴 쓰기, 알람 맞추기. 하지만 이 집은 다르다. 여기에는 여유가, 생각할 시간이 있다. 어쩌면 여윳돈도 있을지 모른다.

"그만 가봐야겠어요." 아빠가 말한다.

"뭘 그렇게 서둘러?" 킨셀라 아저씨가 말한다.

"시간이 아깝잖아요. 감자에 약도 쳐야 되고."

"이맘때는 마름병이 안 퍼지잖아." 아주머니는 이렇게 말했지만, 그래도 자리에서 일어나 날카로운 칼을 들고 뒷문으로 나간다. 나도 같이 가서, 아주머니가 뭘 자를지 모르겠지만 아무튼 흙을 털어 집으로 가지고 들어왔으면 좋겠다. 아주머니가 밖에 나간 사이 두 남자 사이에서 정적 같은 것이 기어오르더니 점점 커진다.

"이거 메리 갖다줘." 아주머니가 안으로 들어오면서 말한다. "웬일인지 올해는 루바브가 넘쳐나네."

아빠가 아주머니에게서 루바브를 받지만 아기라도 안은 것처럼 어색하다. 루바브 한 줄기가 툭 떨어지더니 또 한 줄기가 떨어진다. 아빠는 아주머니가 루바브를 주워 건네주기를 기다린다. 아주머니는 아빠가 줍기를 기다린다. 둘 다 꼼짝도 하지 않는다. 결국 허리를 숙여 루바브를 줍는 사람은 킨셀라 아저씨다.

"자, 여기." 아저씨가 말한다.

마당으로 나가자 아빠가 루바브를 뒷좌석에 던져 넣고

운전석에 올라 시동을 건다.

"그럼, 행운을 빕니다." 아빠가 말한다. "애가 말썽을 안 피워야 할 텐데요." 그런 다음 나를 본다. "불구덩이에 떨어지지 않게 조심해라, 너."

나는 아빠가 후진시킨 차가 진입로로 나간 다음 멀어지는 모습을 지켜본다. 바퀴가 캐틀그리드를 밟는 소리가 들리더니 기어를 바꾸는 소리, 우리가 왔던 길을 따라 돌아가는 모터 소리가 들린다. 아빠는 왜 제대로 된 작별인사도 없이, 나중에 데리러 오겠다는 말도 없이 떠났을까? 마당을 가로지르는 묘하게 무르익은 바람이 이제 더 시원하게 느껴지고, 크고 하얀 구름이 헛간을 넘어 다가온다.

"뭐 불편한 거 있니, 얘야?" 아주머니가 묻는다.

나는 샌들 속의 지저분한 발을 내려다본다.

킨셀라 아저씨가 다가선다. "무슨 일인지 말해봐라. 우린 괜찮아."

"세상에, 아빠가 네 짐도 안 내려주고 가버렸구나!" 아주머니가 말한다. "그러니 네가 이럴 수밖에. 휴, 정말 덜렁거리는 사람이라니까."

"다 잊어버리는군." 킨셀라 아저씨가 말한다. "금방 옷을 갈아입혀 주마."

"하지만 열두 달 지나면 다 잊어버리겠지." 아주머니가 우리 아빠를 흉내 내며 말한다.

두 사람이 깔깔 웃더니 뚝 멈춘다. 나는 아주머니를 따라 안으로 들어가면서 아주머니가 무슨 말이든 하기를, 내 마음을 편하게 만들어주기를 바란다. 아주머니는 그러는 대신 식탁을 치운 다음 날카로운 칼을 집어 들더니 햇빛을 받으며 창가에 서서 수돗물을 틀고 칼날을 씻는다. 아주머니가 나를 빤히 보면서 칼을 깨끗하게 닦고 치운다.

"자, 얘야." 아주머니가 말한다. "목욕할 시간이 지난 것 같구나."

2

부엌을 지나 카펫 깔린 계단을 올라가자 널따란 방이 나온다. 캔들윅 자수 이불이 깔린 커다란 더블 침대 양옆에 램프가 하나씩 있다. 알겠다, 여기가 두 분이 주무시는 곳이다. 왠지 모르지만 나는 두 사람이 같이 자서 다행이라고 생각한다. 아주머니가 나를 욕실로 데리고 들어가 욕조 마개를 막은 다음 수돗물을 제일 세게 튼다. 욕조 물이 차오르자 흰 욕실이 어딘가 변해서 눈앞을 가린다. 전부 다 보이지만 아무것도 보이지 않는다.

“손 들어보렴.” 아주머니가 말하고는 내 원피스를 벗긴다.

아주머니가 물 온도를 확인한 다음 나는 아주머니를 믿고 발을 넣지만, 물이 너무 뜨겁다.

“들어가 봐.” 아주머니가 말한다.

“너무 뜨거워요.”

“금방 익숙해져.”

증기 속으로 한 발을 넣어보지만 델 듯이 뜨거운 건 똑같다. 나는 물속에 발을 넣고 가만히 있다가 더 이상 못 참겠다고 생각하지만 곧 생각이 바뀐다. 참을 수 있다. 이렇게 뜨거운 물에 몸을 깊이 담그고 목욕하는 건 처음이다. 엄마는 우리를 목욕시킬 때 물을 최대한 적게 쓰고, 가끔은 같은 물로 씻길 때도 있다. 잠시 후 나는 뒤로 누워서 증기 사이로 내 발을 문질러 씻기는 아주머니를 본다. 손톱 밑의 때는 족집게로 빼낸다. 아주머니가 플라스틱 병에 담긴 샴푸를 짜서 내 머리카락에 칠하고 거품을 낸 다음 물로 헹궈낸다. 그러고 나서 나를 일으켜 세우고 천으로 온몸에 비누칠을 한다. 아주머니의 손은 엄마 손 같은데 거기엔 또 다른 것, 내가 한 번도 느껴본 적이 없어서 뭐라고 불러야 할지 모르겠는 것도 있다. 나는 정말 적당한 말을 찾을 수가 없지만 여기는 새로운 곳이라서 새로운 말이 필요하다.

"이제 옷 입자." 아주머니가 말한다.

"옷이 없는데요."

"그렇겠네." 아주머니가 잠시 말을 멈춘다. "당장은 우리 집에 있는 낡은 옷으로 되려나?"

"전 상관없어요."

"착하기도 하지."

아주머니가 나를 데리고 부부 침실을 지나 계단 반대편 방으로 가서 서랍장을 뒤진다.

"이게 맞을지도 모르겠다."

아주머니는 예전에 유행했던 바지와 새 체크무늬 셔츠를 들고 있다. 소매와 바지가 너무 길지만 아주머니가 둘둘 말아 올려주고 캔버스 벨트로 허리를 딱 맞게 조여준다.

"됐다." 아주머니가 말한다.

"엄마가 매일 팬티를 갈아입으라고 했어요."

"그거 말고 또 뭐라고 하셨니?"

"두 분이 원하시는 만큼 저를 데리고 있어도 된다고요."

이 말에 아주머니가 웃음을 터뜨리더니 엉킨 내 머리카락을 빗으로 빗어주고는 조용해진다. 이 방은 창문이 열려 있어서 잔디밭과 텃밭이 보인다. 줄지어 자라는 채소들, 빨갛고 뾰족뾰족한 달리아, 부리에 뭔가를 물고서 천천히 두 조각을 낸 다음 한 조각, 또 한 조각을 먹는 까마귀.

"나랑 우물에 가보자." 아주머니가 말한다.

"지금요?"

"지금은 안 되니?"

이 말을 하는 아주머니의 말투 때문에 왠지 우리가 하면 안 되는 일을 하는 듯한 느낌이 든다.

"이거 비밀이에요?"

"뭐?"

"그러니까, 다른 사람한테 말하면 안 되는 거예요?"

아주머니가 나를 돌려세워 자신을 마주 보게 한다. 나는 여태까지 아주머니의 눈을 제대로 들여다본 적이 없었다. 아주머니의 눈은 짙은 파란색인데 군데군데 다른 파란색이 섞여 있다.

"이 집에 비밀은 없어, 알겠니?"

나는 대답하고 싶지 않지만 아주머니는 대답을 바라는 것 같다.

"알겠지?"

"에."

"'에'가 아니야. '네'라고 해야지. 뭐라고?"

"'네'라고 해야 돼요."

"네, 그리고?"

"네, 이 집에 비밀은 없어요."

"비밀이 있는 곳에는 부끄러운 일이 있는 거야." 아주머니가 말한다. "우린 부끄러운 일 같은 거 없어도 돼."

"알겠어요." 나는 울지 않으려고 심호흡을 한다.

아주머니가 내 어깨에 팔을 두른다. "넌 너무 어려서 아직 모를 뿐이야."

이 말을 듣자마자 나는 아주머니가 다른 사람들이랑 똑같다는 사실을 깨닫고, 집으로 돌아가서 언제나처럼 모르는 일은 모르는 채로 지내고 싶다고 생각한다.

아래층으로 내려가자 아주머니가 식기실에서 아연 양동이를 꺼낸 다음 나를 데리고 밭으로 내려간다. 처음에는 낮

선 옷 때문에 불편하지만 걷다 보니 금방 잊어버린다. 킨셀라 아저씨네 밭은 넓고 평평하고, 전기 울타리로 길쭉하게 나뉘어져 있다. 아주머니가 전기 충격을 받고 싶은 게 아니라면 울타리를 건드리지 말라고 말한다. 바람이 불자 키가 큰 풀들이 구부러지면서 은색으로 변한다. 한쪽 구획에서는 키 큰 홀스타인 젖소들이 우리를 둘러싸고 서서 풀을 뜯는다. 우리가 지나가자 몇 마리가 고개를 들고 쳐다보지만 도망가는 소는 한 마리도 없다. 젖통이 크고 젖꼭지가 길다. 젖소들이 뿌리만 남기고 풀을 뜯는 소리가 들린다. 우리는 계속 걸어가고, 양동이의 가장자리를 타넘는 바람이 가끔 속삭인다. 우리 둘 다 말이 없다, 가끔 사람들이 행복하면 말을 안 하는 것처럼. 하지만 이 생각을 떠올리자마자 그 반대도 마찬가지임을 깨닫는다.

우리는 곧 목책 중간의 사다리를 넘어 풀숲 사이로 사람이 다닌 흔적이 많고 바싹 마른 길을 따라간다. 흰 나비들이 팔랑팔랑 날아다니는 길쭉한 밭을 따라 길이 구불구불 이어지다, 마침내 작은 철문에 도착한다. 넓은 돌계단을 내려가면 까만 물이 찰랑거리는 우물이다. 아주머니가 풀밭에 양동이를 내려놓더니 내 손을 잡고 같이 내려간다.

"이것 봐." 아주머니가 말한다. "여기 물이 얼마나 많은지. 이달 1일 이후로 소나기가 한 번도 오지 않았다고 누가 생각하겠니?"

이 아래쪽은 시원하고 고요하다. 숨을 쉬자 내 숨결이 고요한 우물 입구에 가 닿는 소리가 들린다. 그래서 나는 돌아오는 내 숨소리를 들으려고 잠깐 동안 좀 더 세차게 숨을 쉰다. 아주머니가 뒤에 서 있지만 내 숨소리가 연달아 돌아와도 별로 신경 쓰지 않는 것 같다. 그게 자기 숨소리라도 되는 것처럼.

"맛보렴." 아주머니가 말한다.

"네?"

"컵으로 떠서." 아주머니가 어딘가를 가리킨다.

벽에 머그잔이 걸려 있는 것이 보인다. 먼지 앉은 에나멜 안에 그림자가 담겨 있다. 나는 손을 뻗어 못에 걸린 머그잔을 빼낸다. 내가 우물에 빠지지 않도록 아주머니가 바지 벨트를 잡아준다.

"생각보다 깊어." 아주머니가 말한다. "조심해."

이제 태양이 기울어서 일렁이는 물결에 우리가 어떻게 비치는지 보여준다. 순간적으로 무서워진다. 나는 아까 이 집에 도착했을 때처럼 집시 아이 같은 내가 아니라, 지금처럼 깨끗하게 씻고 옷을 갈아입고 뒤에서 아주머니가 지키고 서 있는 내가 보일 때까지 기다린다. 그런 다음 머그잔을 물에 담갔다가 입으로 가져온다. 물은 정말 시원하고 깨끗하다. 아빠가 떠난 맛, 아빠가 온 적도 없는 맛, 아빠가 가고 아무것도 남지 않은 맛이다. 나는 머그잔을 다시 물에 넣었다가 햇빛과 일직선이 되도록 들어 올린다. 나는 물을 여섯 잔이나 마시면서 부끄러운 일도 비밀도 없는 이곳이 당분간 내 집이면 좋겠다고 생각한다. 아주머니가 나를 끌어당겨 풀밭에 다시 안전하게 올려놓은 다음 혼자 내려간다. 양동이가 옆으로 잠시 떴다가 가라앉아서 꿀꺽꿀꺽 반가운 소리를 내며 물을 삼키더니 수면 밖으로 나와 들어 올려진다.

아주머니의 손을 잡고 오솔길을 따라 밭을 다시 지나올 때 내가 아주머니의 균형을 잡아주고 있다는 생각이 든다. 내가 없으면 아주머니는 분명 넘어질 것이다. 내가 없을 때는 어떻게 했을까 생각하다가 평소에는 틀림없이 양동이를 두 개 가져왔겠다는 결론을 내린다. 나는 이런 기분을 또 언제 느꼈었는지 기억하려 애쓰지만 그랬던 때가 생각나지 않아서 슬프기도 하고, 기억할 수 없어 행복하기도 하다.

그날 밤, 나는 아주머니가 무릎을 꿇고 앉으라고 하겠구나 생각하지만 아주머니는 그러는 대신 이불을 단단히 덮어주면서 평소에 기도를 한다면 침대에서 짧은 기도 몇 마디만 하라고 말한다. 창유리 너머로 낮의 햇빛이 아직도 반짝인다. 아주머니가 빛을 가리려고 커튼레일에 담요를 걸다가 그대로 멈춘다.

“이대로 두는 게 좋겠니?”

“에.” 내가 말한다. “네.”

“캄캄한 게 무서워?”

나는 무섭다고 말하고 싶지만 너무 무서워서 그렇게 말할 수가 없다.

“괜찮아.” 아주머니가 말한다. “상관없어. 우리 방을 지나면 화장실이 있는데 거길 써도 되고, 여기 요강 있으니까

이걸 써도 돼."

"전 괜찮을 거예요." 내가 말한다.

"엄마는 괜찮니?"

"무슨 뜻이에요?"

"너희 엄마 말이야. 괜찮아?"

"아침이면 입덧을 했었는데 지금은 안 해요."

"건초가 왜 아직 다 안 됐어?"

"일꾼한테 줄 돈이 없어서요. 작년 걸 이제야 줬어요."

"저런." 아주머니는 내가 덮고 있는 이불을 판판하게 펴고 단정하게 접는다. "내가 돈을 조금 보내면 엄마가 자존심 상할까?"

"자존심이 뭐예요?"

"엄마가 신경 쓰일까?"

나는 잠시 그것에 대해서, 우리 엄마의 입장이 되어 생각해 본다. "엄마는 괜찮을 거예요, 하지만 아빠는 신경 쓸 거예요."

"아, 그래." 아주머니가 말한다. "네 아빠 말이지."

아주머니는 몸을 숙이고 입맞춤을, 가벼운 입맞춤을 한

다음 잘 자라고 인사한다. 아주머니가 나가자 나는 침대에서 일어나 앉아 방을 둘러본다. 벽지에 색색의 기차가 달리고 있다. 기찻길은 없지만 군데군데 작은 남자애가 멀찍이 떨어져 서서 손을 흔들고 있다. 행복해 보이지만 마음 한구석에서 왠지 벽지에 그려진 남자애의 모습들이 하나같이 불쌍하다는 생각이 든다. 나는 옆으로 돌아누워서 엄마가 둘 다 원하지 않는다는 건 알지만 이번에는 딸일까, 아들일까 생각한다. 아직 잠자리에 들지 않았을 언니들을 생각한다. 언니들은 옥외 화장실의 박공벽에 흙덩이를 던질 거고, 비가 오면 흙덩이가 물러져서 진흙이 될 것이다. 모든 것은 다른 무언가로 변한다. 예전과 비슷하지만 다른 무언가가 된다.

나는 최대한 오래 깨어 있다가 억지로 일어나 요강에 앉지만 몇 방울밖에 안 나온다. 나는 침대로 다시 들어가 약간 무서워하며 잠이 든다. 밤이 깊은 뒤에—아주 깊은 밤 같다—아주머니가 들어온다. 나는 꼼짝도 않고 누워서 자는 척 숨소리를 낸다. 매트리스가 푹 꺼지는 느낌이 들고 침대에 아주머니의 무게가 느껴진다.

"불쌍하기도 하지." 아주머니가 속삭인다. "네가 내 딸이라면 절대 모르는 사람 집에 맡기지 않을 텐데."

3

나는 이 새로운 곳에서 뜨거우면서도 차가운, 겪어본 적 있는 기분을 느끼며 잠에서 깬다. 킨셀라 아주머니는 나중에 침대 시트를 벗길 때에야 알아차린다.

"세상에." 아주머니가 말한다.

"네?"

"이거 좀 볼래?" 아주머니가 말한다.

"네?"

지금 당장 말하고 싶다. 솔직히 말하고 집으로 돌려보내지는 것으로 끝내고 싶다.

"매트리스가 낡아서 말이야." 아주머니가 말한다. "이렇게 습기가 차지 뭐니. 항상 이런다니까. 널 여기다가 재우다니, 도대체 내가 무슨 생각이었을까?"

우리는 매트리스를 끌고 계단을 내려가서 햇볕이 내리쬐는 마당으로 나간다. 개가 다가와서 킁킁 냄새를 맡더니 뒷다리를 들려고 한다.

"저리 가!" 아주머니가 얼음장 같은 목소리로 외친다.

"이게 다 무슨 일이야?" 킨셀라 아저씨가 밭에서 돌아온다.

"매트리스 때문에." 아주머니가 말한다. "빌어먹을 매트리스에 습기가 차서. 저 방이 원체 습하다고 내가 말 안 했나?"

"그랬지." 아저씨가 말한다. "그래도 어쩌자고 이걸 혼자서 끌고 내려와."

"혼자 아니었어." 아주머니가 말한다. "도와주는 사람이 있잖아."

우리는 매트리스를 세제와 뜨거운 물로 문질러 씻은 다음 그대로 두고 햇볕에 말린다.

"끔찍하군." 아주머니가 말한다. "시작부터 아주 끔찍해. 우리 둘 다 고생했으니까 베이컨이라도 먹어야겠다."

아주머니가 팬을 달궈서 베이컨을 구운 다음 토마토를 반으로 자르고 잘린 면이 밑으로 가도록 올려서 굽는다. 아주머니는 뭐든 자르는 것을, 문질러 씻고 깔끔하게 만드는 것을, 그리고 물건의 이름을 부르는 것을 좋아한다. "베이컨." 아주머니가 지글거리는 팬에 베이컨을 얹으며 말한다. "나가서 파 몇 가닥 뽑아 오렴. 착하지."

나는 텃밭으로 달려 나가 파를 뽑아서 최대한 빨리 돌아온다. 집에 불이 나서 나한테 물을 퍼 오라고 시키기라도 한 것처럼. 나는 파가 충분할까 걱정하지만 킨셀라 아주머니는 웃음을 터뜨린다.

"뭐, 어쨌든 모자라진 않겠구나."

아주머니는 나에게 토스트를 맡기고 그릴에 불을 붙여 주더니 한쪽 면이 갈색이 되면 뒤집어야 한다면서 시범을 보인다. 내가 생전 토스트를 구워본 적이 없는 것처럼 말이다. 하지만 나는 별로 신경 쓰지 않는다. 아주머니는 내가 일을 똑바로 하길 바라고, 나에게 가르쳐주고 싶은 거다.

"다 됐니?"

"예." 내가 말한다. "네."

"착하기도 하지. 나가서 아저씨 불러 오렴."

나는 밖으로 나가서 저 위쪽 밭을 향해 엄마가 가르쳐준 소리를 외친다.

몇 분 뒤에 킨셀라 아저씨가 웃으며 들어온다. "정말 대단한 목청이었어." 아저씨가 말한다. "웩스퍼드에서 폐가 너보다 튼튼한 애는 없을 거다." 아저씨는 손을 씻고 닦은 다음 식탁에 앉아서 빵에 버터를 바른다. 버터가 말랑말랑해서 나이프에서 미끄러지며 쉽게 발린다.

"아까 뉴스에 나왔는데 단식 투쟁*을 하던 사람이 또 죽었다더군."

"설마 또?"

"그래. 밤사이에 죽었대. 불쌍하게도. 이런 끔찍한 일이 있나."

* 북아일랜드 분쟁이 한창이던 1981년에 북아일랜드 감옥에 수감 중이던 아일랜드 공화주의자들이 정치범의 지위를 요구하며 벌였던 단식 투쟁을 말한다.

"주님의 품에서 편히 쉬기를." 킨셀라 아주머니가 말한다. "그런 식으로 죽다니."

"하지만 감사한 마음이 들지 않아?" 아저씨가 말한다. "어떤 남자는 굶어 죽었는데 여기서 나는 이 좋은 날에 두 여자한테 얻어먹고 있으니 말이야."

"그래도 밥값은 하고 있잖아?"

"그러고 있는지 모르겠군." 아저씨가 말한다. "아무튼 그렇게 됐네."

나는 종일 아주머니를 도와 집안일을 한다. 아주머니는 플러그를 꽂는 크고 하얀 기계를 보여준다. 아주머니가 "상하기 쉬운 것들"이라고 부르는 식품들을 몇 달이나 넣어놔도 썩지 않는 냉동고다. 우리는 얼음을 얼리고, 청소기로 마룻바닥을 꼼꼼히 청소하고, 햇감자를 캐고, 코울슬로와 빵 두 덩이를 만든다. 그런 다음 아주머니가 아직 덜 마른 옷을 걷어 와서 다리미판을 세우고 다리기 시작한다. 아주머니는 아저씨랑 똑같다. 무슨 일을 하든 절대 서두르지 않지만 쉬지 않고 바지런히 움직인다. 킨셀라 아저씨가 돌아와서 우리 세 사람이 마실 차를 끓이더니 킴벌리 비스킷을 한 줌 쥐고 선 채로 차를 마신 다음 다시 나간다.

나중에 아저씨가 돌아와서 나를 찾는다.

"꼬맹이 거기 있니?" 아저씨가 부른다.

내가 문으로 달려간다.

"달릴 수 있어?"

"네?"

"발이 빠르냐고." 아저씨가 말한다.

"가끔은요." 내가 말한다.

"그래, 저기 진입로 끝에 있는 함까지 달려갔다 오거라."

"함이요?" 내가 말한다.

"우편함. 저기 가면 보일 거야. 최대한 빨리 달리는 거다."

나는 곧장 출발해서 진입로 끝까지 전속력으로 달려가 우편함을 찾아 편지를 꺼내서 달려 돌아온다. 킨셀라 아저씨가 손목시계를 보고 있다.

"나쁘진 않군." 아저씨가 말한다. "처음치고는 말이야."

아저씨가 우편물을 받아 든다. 총 네 통인데, 엄마 글씨

체는 없다.

"이 중에 돈이 든 게 있을까?"

"모르겠어요."

"아, 있으면 알았을 거다. 당연하지. 여자는 돈 냄새를 맡을 수 있거든." 아저씨가 봉투를 하나 들고 킁킁 냄새를 맡는다. "새로운 소식이 있을까?"

"저는 모르죠." 내가 말한다.

"청첩장이 있으려나?"

나는 웃음을 터뜨리고 싶다.

"어쨌든 네 청첩장은 아니겠지." 아저씨가 말한다. "아직 결혼하기엔 너무 어리니까. 나중에는 결혼할 거니?"

"모르겠어요." 내가 말한다. "엄마가 그러는데 남자가 주는 선물을 받으면 안 된대요."

킨셀라 아저씨가 웃는다. "엄마 말이 맞을지도 모르지. 그래도 이 세상에 똑같은 남자는 없어. 널 잡는 남자는 아주 빠를 거다. 넌 다리가 기니까. 시간을 단축할 수 있을지 내일 또 해보자."

"더 빨리 달려야 돼요?"

"아, 물론이지." 아저씨가 말한다. "이번 여름이 끝날 때쯤이면 넌 순록처럼 달리게 될 거야. 긴 손잡이가 달린 그물이랑 경주용 자전거 없이 널 잡을 수 있는 남자는 우리 교구에서 한 명도 없을 거다."

그날 밤 저녁 식사를 마치고 킨셀라 아저씨가 거실에서 신문을 읽을 때 아주머니가 레인지 앞에 앉더니 이제 피부 관리를 할 거라고 말한다.

"비밀이란다." 아주머니가 말한다. "이걸 아는 사람이 많지 않거든."

아주머니는 찬장에서 비스킷 모양의 위타빅스* 시리얼 상자를 꺼내더니 그릇에 넣고 우유를 부어서 먹는 것이 아니라 손에 든 채로 하나 먹는다. "날 봐." 아주머니가 말한다. "뾰루지도 하나 없잖니."

확실히 그렇다. 아주머니의 피부는 깨끗하다.

"하지만 여기에 비밀은 없다고 하셨잖아요."

"아, 이건 달라. 비밀 요리법에 더 가깝지."

* 손바닥만 한 크기의 비스킷처럼 생긴 시리얼.

아주머니가 나에게 위타빅스를 하나 주고 하나 더 주더니 내가 먹는 모습을 지켜본다. 마른 나무껍질에서 날 듯한 맛이 약간 나지만 난 신경 쓰지 않는다. 아주머니가 기뻐하는 모습을 보니 마음 한구석이 기쁘기 때문이다. 나는 아홉 시 뉴스에서 죽은 단식 투쟁가의 어머니, 폭동, 아일랜드 수상, 아프리카의 외국인들, 기아, 마지막으로 일기예보가 흘러나오는 동안 위타빅스를 총 다섯 개 먹는다. 일기예보에 따르면 앞으로 일주일 정도 날씨가 또 맑을 거라고 한다. 아주머니는 뉴스를 보는 내내 나를 무릎에 앉히고 내 맨발을 느긋하게 어루만진다.

"발가락이 길고 멋지구나." 아주머니가 말한다. "멋진 발이야."

나중에 아주머니가 잠들기 전 나를 침대에 눕히고 머리핀으로 내 귀지를 파준다.

"여기다가 제라늄을 심어도 되겠다." 아주머니가 말한다. "엄마가 귀 청소 안 해주니?"

"엄마한테 항상 시간이 있는 건 아니라서요." 내가 조심스럽게 말한다.

"불쌍한 메리, 당연히 그렇겠지." 아주머니가 말한다. "너희를 전부 다 돌봐야 할 테니까."

그런 다음 아주머니가 머리빗을 꺼내어 내 머리칼을 빗고, 숨죽여 백까지 세는 소리가 들리더니, 이윽고 빗질을 멈추고는 느슨하게 땋아준다. 그날 밤 나는 금방 잠들고, 잠에서 깼을 때 예전에 겪은 기분이 들지 않는다.

그날 아침 킨셀라 아주머니가 침대를 정리하면서 기쁜 표정으로 나를 본다.

"벌써 피부가 더 좋아졌네, 봤지?" 아주머니가 말한다. "조금만 신경 쓰면 된다니까."

4

그렇게 시간이 흘러간다. 나는 무슨 일이 일어나기를, 이 편안함이 끝나기를—축축한 침대에서 잠을 깨거나 무슨 실수를, 엄청난 잘못을 저지르거나 뭔가를 깨뜨리기를—계속 기다리지만 하루하루가 그 전날과 거의 비슷하게 흘러간다. 우리는 해가 뜰 때 일찌감치 일어나서 아침으로 달걀 요리와 토스트, 마멀레이드를 먹는다. 식사가 끝나면 킨셀라 아저씨는 모자를 쓰고 밭으로 나간다. 킨셀라 아주머니와 나는 해야 할 일들을 큰 소리로 죽 읊은 다음 일을 한다. 우리는 루바브를 뽑고, 타르트를 만들고, 굽도리에 페인트를 칠하고, 온수 탱크 벽장에서 침구를 전부 꺼내고*, 거미줄을 걷어내고, 깨끗하게 빨아 말린 옷을 전부 걷고, 스콘을 만들고, 욕조를 문질러 닦고, 계단을 쓸고, 가구에 광을 내고, 양파를 끓여 소스를 만들고 그 소스를 용기에 담아 냉동고에 넣고, 꽃밭에서 잡초를 뽑고, 해가 지면 여기저기 물을 준다. 그러고 나면 저녁 식사와 밭을 가로질러 우물까지 걸어가는 일만 남는다. 매일 저녁 아홉 시 뉴스에 맞춰서 텔레비전이 켜지고, 일기예보가 끝나면 나는 이제 잘 시간이라는 말을 듣는다.

가끔 밤에 사람들이 집으로 찾아온다. 카드놀이를 하면서 이야기하는 소리가 들린다. 서로 배신자라고, 밑장빼기를 했다며 욕을 하고, 양철 접시 같은 것에 동전을 던지고, 가끔은 접시에 든 동전을 이미 모아둔 동전더미 위로 비운

* 영국이나 아일랜드에서는 세탁한 침구를 온수 탱크가 들어 있는 벽장에 넣어서 완전히 말린다.

다. 한번은 누가 와서 스푼스*를 연주했다. 한번은 당나귀 같은 소리가 들리더니 아주머니가 나를 데리러 올라와서 같이 내려가는 게 낫겠다고, 당나귀 케이시가 집 안에 있는 한 아무도 못 잔다고 말했다. 나는 아래층으로 내려가서 마카롱을 열두 개쯤 먹었다. 잠시 후 두 남자가 초인종을 울리더니 학교 지붕 교체 비용을 마련하기 위해 자선 복권을 팔러 다니는 중이라고 했다.

"당연히 사야지." 킨셀라 아저씨가 말했다.

"우린 사실 그렇게—"

"들어오게." 킨셀라 아저씨가 말했다. "나한테 애가 없다고 해서 다른 집 애들 머리에 비가 떨어지는 걸 보고만 있을 순 없지."

그래서 두 사람이 안으로 들어와 차를 더 끓였다. 아주머니가 재떨이를 비우고 카드 패를 돌리면서 지금 그 학교에 다니는 아이들이 카드에 관심이 있다면 포티파이브 규칙을 제대로 배우면 좋겠다고, 그 윗세대인 이 사람들은 규칙

* 나무 숟가락 두 개를 겹쳐놓은 모양의 아일랜드 타악기.

을 모르는 게 분명하다고, 어떤 사람들은 가끔 자기한테 유리할 때만 빼면 카드 게임을 어떻게 하는지 전혀 모른다고 말했다.

"오, 경고사격이군!"

"잘 들으라고."

"누구 지갑이 가벼워지고 있는지 알겠네."

"내가 따고 있어." 킨셀라 아주머니가 말했다. "그리고 끝났을 때도 내가 따고 있을 거야."

그때 왜인지 모르지만 당나귀 케이시 아저씨가 히힝 웃었고, 그래서 내가 웃었다. 그러자 다들 웃기 시작했고 어떤 아저씨가 말했다. "우리가 지금 하고 있는 게 웃음 참기 대결이야, 카드 게임이야?" 그때 당나귀 케이시 아저씨가 한 번 더 웃었고, 다들 다시 웃음을 터뜨렸다.

5

어느 날 오후, 우리는 잼을 만들려고 구스베리 양쪽 끝을 잘라내고 있다. 손질을 절반쯤 마치고 설탕 무게도 달고 냄비도 데웠을 때 킨셀라 아저씨가 마당에서 들어와 손을 씻고 닦은 다음 전에 없던 눈빛으로 나를 본다.

"너한테 옷을 사 입힐 때가 지난 것 같구나, 얘야."

나는 아주머니가 서랍장에서 꺼내준 남색 바지와 파란 셔츠를 입고 있다.

"어디가 이상한데?" 킨셀라 아주머니가 말한다.

"내일 일요일이잖아. 미사를 보러 가려면 좀 더 괜찮은 옷이 있어야지." 아저씨가 말한다. "지난주처럼 입혀서 데려가진 않을 거야."

"깨끗하고 단정하지 않아?"

"무슨 말인지 알잖아, 에드나." 아저씨가 한숨을 쉰다. "올라가서 옷 갈아입고 와. 다 같이 고리에 다녀와야겠어."

아주머니는 체에 밭쳐놓은 구스베리를 계속 다듬지만 손을 뻗을 때마다 조금 더 느려지고 또 느려진다. 나는 아주머니가 중간에 손을 놓는 게 아닐까 생각하지만 아주머니는 전부 다듬은 다음 자리에서 일어나 체를 개수대에 내놓고, 누구에게서도 들어본 적 없는 한숨을 내쉬고는 천천히 위층으로 올라간다.

킨셀라 아저씨가 나를 보며 어색한 미소를 짓더니 참새가 앉아서 날개를 가다듬는 창틀 쪽으로 시선을 돌린다. 작은 새는 불안해 보인다. 가끔 그 자리에 앉는 고양이 냄새를 맡은 것 같다. 킨셀라 아저씨의 시선이 어딘가 흔들리고 있다. 아저씨의 마음속 저 안쪽에서 커다란 문제가 기지개를 켜는 것 같다. 아저씨가 발끝으로 의자 다리를 톡 치더니 나를 본다.

“시내에 나가려면 너도 손이랑 얼굴을 씻어야겠다.” 아저씨가 말한다. “아빠가 그 정도도 안 가르쳐줬니?”

나는 의자에 앉아서 얼어붙은 채 훨씬 더 심한 일이 벌어지기를 기다리지만 킨셀라 아저씨는 더 이상 아무 말도 하지 않는다. 아저씨는 자기가 한 말의 파도에 갇혀서 거기 그대로 서 있다. 아저씨가 몸을 돌리자마자 나는 계단으로 잽싸게 달려가지만 욕실 문이 열리지 않는다.

“괜찮아.” 잠시 후 아주머니가 안에서 말하고는, 얼마 지나지 않아 문을 연다. “기다리게 해서 미안.” 아주머니는 울고 있었지만 부끄러워하지 않는다. “네 옷이 생기면 정말 좋을 거야.” 아주머니가 눈가를 닦으며 말한다. “고리는 재미있는 동네거든. 지금껏 널 거기 데려갈 생각을 왜 못 했을까.”

시내는 길이 널찍하고 사람이 붐빈다. 가게 앞에 각종 물건들이 햇볕을 받으며 잔뜩 걸려 있다. 비치 볼과 풍선 인형이 가득 든 비닐 그물이 있다. 속이 다 비치는 돌고래는 차가운 바람에 덜덜 떠는 것 같다. 플라스틱 삽과 양동이 세트, 모래성을 만드는 틀, 작은 플라스틱 숟가락으로 컵에 담긴 아이스크림을 퍼 먹고 있는 다 큰 남자들, 만지면 북슬북슬한 식물의 화분, 밴에서 죽은 생선을 파는 남자도 있다.

킨셀라 아저씨가 주머니에 손을 넣었다 빼더니 나에게 뭔가를 건넨다. "그걸로 초코아이스 하나 사면 되겠네."

내가 손을 펴고 1파운드 지폐를 빤히 본다.

"이 돈이면 초코아이스 여섯 개는 사겠는데?" 아주머니가 말한다.

"아, 애는 원래 오냐오냐하는 거지." 킨셀라 아저씨가 말한다.

"뭐라고 해야 하지?" 아주머니가 나에게 묻는다.

"고마워요." 내가 말한다. "감사합니다."

"그래, 아껴서 잘 써라." 아저씨가 웃는다.

아주머니가 나를 포목점으로 데리고 가서 카운터에서 짜깁기 바늘 한 쌈지를 사고 노란 배가 날염된 오일클로스를 4미터 정도 산다. 그런 다음 우리는 옷을 파는 위층으로 올라간다. 아주머니가 면 원피스와 팬티와 바지, 상의를 몇 벌 고른 다음 입어보라며 커튼 뒤로 데리고 들어간다.

"애 키가 꽤 크네요." 점원이 말한다.

"우리 집안은 다 커요." 아주머니가 말한다.

"엄마를 쏙 빼닮았군요. 이제 보니 알겠어요." 점원이 연보라색이 제일 잘 맞고 잘 어울린다고 하자 킨셀라 아주머니도 맞장구를 친다. 아주머니는 내가 이 집에 처음 온 날 아주머니가 입었던 것과 무척 비슷한 반팔 날염 블라우스와 짙은 파란색 바지, 앞쪽에 버클과 끈이 달린 에나멜가죽 구두, 팬티, 발목까지 올라오는 흰색 양말도 사준다. 점원이 명세서를 건네자 킨셀라 아주머니가 지갑을 꺼내서 돈을 낸다.

"예쁘게 입으렴." 점원이 말한다. "엄마가 정말 잘해주시는구나?"

거리로 나오자 강렬한 햇빛이 다시 느껴진다. 눈이 멀 것 같다. 나는 마음 한구석으로 햇빛이 사라지면 좋겠다고, 구름이 껴서 제대로 좀 보이면 좋겠다고 생각한다. 우리는 아주머니가 아는 사람들을 만난다. 어떤 사람들은 나를 빤히 보면서 누구냐고 묻는다. 그중 한 사람은 유아차에 갓난아기를 태우고 있다. 킨셀라 아주머니가 몸을 숙이고 다정하게 속삭이지만 아이는 침을 흘리더니 울기 시작한다.

"낯을 가려서요." 애 엄마가 말한다. "신경 쓰지 마세요."

우리는 눈이 송곳 같은 여자도 만난다. 그녀는 내가 누구 아이냐고, 어느 집 아이냐고 묻는다. 대답을 듣더니 이렇게 말한다. "아, 그래도 말동무가 되잖아요. 주님께서 보살펴 주시는 거예요."

킨셀라 아주머니가 뻣뻣하게 군다. "실례할게요." 아주머니가 말한다. "남편이 기다리고 있어서요. 남자들이 어떤지 잘 알잖아요."

"빌어먹을 황소 같죠, 정말." 여자가 말한다. "참을성이 눈곱만치도 없다니까요."

"정말이지 저 여자는 두 번 다시 만나고 싶지 않다니까." 모퉁이를 돌자 킨셀라 아주머니가 말한다.

우리는 정육점에 가서 베이컨과 소시지, 편자 모양의 블랙푸딩을 사고 약국에 가서 아주머니가 달라고 한 제산제를 받은 다음, 선물 가게라고 부르는 작은 상점에 간다. 카드와 편지지, 빙글빙글 도는 케이스에 진열된 예쁜 액세서리를 파는 곳이다.

"곧 엄마 생일 아니니?"

"네." 내가 자신 없이 말한다.

"그러면 엄마한테 보낼 카드를 하나 고르렴."

아주머니가 내게 직접 골라보라고 해서 나는 노란 달리아 꽃밭 앞에 무서운 표정의 고양이가 앉아 있는 카드를 고른다.

"이제 곧 개학이죠." 카운터 뒤의 여자가 말한다. "애들을 떼놓을 수 있어서 정말 다행이죠?"

"얘는 아주 얌전해서요." 킨셀라 아주머니가 편지지와 봉투 한 묶음, 그리고 카드의 값을 치른다. "얘가 가고 나면 정말 보고 싶을 거예요."

"흠." 여자가 투덜거린다.

자동차로 돌아가기 전에 킨셀라 아주머니가 나를 사탕 가게에 데려가서는 마음껏 사라고 한다. 나는 천천히 고른 다음 1파운드 지폐를 내고 잔돈을 돌려받는다.

"정말 잘 아껴 썼구나." 내가 밖으로 나가자 아주머니가 말한다.

킨셀라 아저씨는 그늘에 차를 세우고 창문을 연 채 신문을 읽고 있다.

"왔어?" 아저씨가 말한다. "다 됐고?"

"응." 아주머니가 말한다. "다 샀어."

"고생했네." 아저씨가 말한다.

나는 아저씨에게 초코아이스를, 아주머니에게는 플레이크 초코바를 주고 뒷좌석에 누워서 딱딱한 껌을 씹으며 차가 덜컹거릴 때 껌이 잘못 넘어가서 숨이 막히지 않도록 조심한다. 나는 주머니에서 짤랑거리는 잔돈 소리, 자동차와 두 사람의 대화를 향해 돌진하는 바람 소리, 아저씨와 아주머니가 앞좌석에서 나누는 동강난 소식들에 귀를 기울인다.

마당에 들어서자 현관문 앞에 다른 차가 서 있다. 어떤 여자가 팔짱을 낀 채 현관 계단을 서성인다.

"해리 레드먼드의 부인 아니야?"

"느낌이 좋지 않군." 킨셀라 아저씨가 말한다.

"오, 존." 그 여자가 달려오며 말한다. "폐를 끼쳐서 미안

하지만 마이클이 죽었는데 집에 아무도 없어서요. 다들 콤바인을 타고 나가서 언제 올지 모르겠는데, 소식을 전할 방법이 없어요. 어쩔 방도가 없네요. 와서 무덤 파는 것 좀 도와주시겠어요?"

"네가 갈 만한 곳은 아니겠지만 그렇다고 여기 혼자 남겨둘 수는 없지." 같은 날 조금 늦게 아주머니가 말한다. "그러니 준비하고 같이 가자."

나는 위층으로 올라가서 새 원피스로 갈아입고 발목 양말과 구두를 신는다.

"정말 예쁘구나." 내가 아래층으로 내려가자 아주머니가 말한다. "존이 항상 상대하기 편한 사람은 아니지만 틀린 적은 없다니까."

길을 따라 걸어가는데 공기에서 뭔가 더 어두운 것, 갑자기 들이닥쳐서 전부 바꿔놓을 무언가의 맛이 난다. 우리는 문과 창문이 활짝 열린 집들과 길고 펄럭이는 빨랫줄, 다른 집 진입로로 이어지는 자갈길을 지난다. 길모퉁이에 밤색 조랑말이 대문에 기대어 서 있지만 내가 코를 쓰다듬으려고 손을 뻗자 히힝 울더니 느릿느릿 가버린다. 어떤 집 앞을 지날 때는 등 털이 곱슬곱슬한 검은 개가 나와서 우리를 보며 대문 창살 사이로 열심히 짖는다. 첫 번째 교차로에서 마주친 어린 암소는 겁에 질려 어쩔 줄 모르더니 결국 우리를 지나쳐 달려간다. 걸어가는 내내 꽃이 핀 키 큰 관목과 높다란 나무 사이로 바람이 거세게 불다가, 가볍게 불다가, 다시 거세게 분다. 밭에서는 콤바인 몇 대가 옥수수는 놔두고 밀, 보리와 귀리를 베고 지나가며 지푸라기만 길게 남긴다. 밭에서 쓸 건초 포장기를 끌고 각자 다른 방향으로 달리는 트랙터 몇 대와 곡물을 가득 싣고 협동조합으로 향하는 트레일러 몇 대도 마주친다. 새들이 길 한가운데에 빼곡하게 내려앉아 떨어진 씨앗을 먹는다. 조금 더 가자 웃통을 벗은 남자 두 명을 마주치는데, 얼굴이 까맣게 타고 지저분해서 눈만 새하얗다.

아주머니가 걸음을 멈추고 인사한 다음 우리가 어디에 가는 길인지 얘기한다.

"주님 품에서 편히 쉬었으면. 말년에 너무 급히 떠난 거 아닌가?" 한 남자가 말한다.

"그러게." 다른 남자가 말한다. "그래도 살 만큼 살지 않았어? 우리인들 얼마나 더 오래 살기를 바라겠어?"

우리는 덤불과 도랑에 바짝 붙어서 계속 걸어가면서 여러 가지를 지나친다.

"초상집에 가본 적 있니?" 아주머니가 묻는다.

"안 가본 것 같아요."

"음, 그럼 미리 말해두는 게 좋겠구나. 관 속에 죽은 이가 누워 있고 사람이 많을 텐데, 몇 명은 너무 많이 마셨을 거야."

"뭘 마시는데요?"

"술." 아주머니가 말한다.

그 집에 도착하니 남자 몇 명이 낮은 담에 기대어 서서 담배를 피우고 있다. 현관문에 검은 리본이 달려 있고 불빛은 거의 새어나오지 않지만 안으로 들어가니 환한 부엌에 사람들이 가득 들어차서 이야기를 나누고 있다. 킨셀라 아저씨에게 무덤을 파달라고 했던 여자도 거기에서 샌드위치를 만들고 있다. 레드 레모네이드와 화이트 레모네이드, 흑맥주가 담긴 커다란 병들이 있고 이 모든 것들의 중앙에 놓인 커다란 나무상자 안에는 죽은 노인이 누워 있다. 기도를 드리다 죽은 것처럼 양손을 모으고 손가락에 묵주를 감고 있다. 남자 몇 명이 관 주변에 앉아서 뚜껑이 닫힌 부분을 카운터 삼아 잔을 올려놓고 있는데, 그중 한 명이 킨셀라 아저씨다.

"저기 왔네." 아저씨가 말한다. "키다리, 이리 와보렴."

아저씨가 나를 무릎 위로 끌어당겨 앉히고 자기 잔에 든 것을 한 모금 준다.

"맛이 마음에 드니?"

"아니요."

아저씨가 웃는다. "착하기도 하지. 이런 거에 절대 맛들이지 마라. 한번 시작하면 멈출 수가 없어, 결국 우리처럼 되는 거야."

아저씨가 나를 위해서 레드 레모네이드를 컵에 따라 준다. 나는 아저씨의 무릎에 앉아 레모네이드를 마시면서 비스킷 통에 담긴 퀸 케이크를 먹고 죽은 남자를 보며 그가 눈을 뜨기를 바란다.

사람들이 왔다가 가고, 들락날락거리고, 악수를 나누고,

먹고 마시며 죽은 남자를 보고, 정말 멋진 시신이라고, 드디어 끝나서 행복해 보이지 않느냐고, 누가 그를 관에 눕혔느냐고 말한다. 또 일기예보와 옥수수의 수분 함량에 대해서, 우유 할당량과 다음 총선에 대해서 이야기한다. 나는 킨셀라 아저씨의 무릎 위에서 점점 무거워지는 것만 같다.

"제가 점점 무거워지는 거 아니에요?"

"무겁냐고?" 아저씨가 말한다. "넌 깃털 같단다, 얘야. 그냥 앉아 있어."

나는 아저씨에게 머리를 기대지만 너무 지루하다. 할 일이, 같이 놀 아이들이 있으면 좋겠다.

"애가 영 불편한가 봐." 킨셀라 아주머니의 말소리가 들린다.

"왜 그러죠?" 또 다른 여자가 말한다.

"애들이 올 만한 곳은 아니죠, 사실." 아주머니가 말한다. "여기에 오기는 해야겠고, 그러자니 애만 놔둘 수가 없어서 데려온 거예요."

"그랬겠죠. 그럼 우리 집으로 데리고 갈게요, 에드나. 난 이제 그만 가려고요. 집에 돌아갈 때 들러서 데려가면 어때요?”

“아.” 아주머니가 말한다. “모르겠네요. 어떻게 하지.”

“우리 애랑 같이 있으면 되죠. 뒷마당에서 놀면 되지 않겠어요? 게다가 재가 무릎에 앉아 있는 한 존은 꼼짝도 안 할걸요.”

킨셀라 아주머니가 웃음을 터뜨린다. 아주머니가 이런 식으로 웃는 모습은 처음 본다.

“그래요, 당신만 괜찮으면 그렇게 해줘요, 밀드러드.” 아주머니가 말한다. “안 될 게 뭐 있겠어요? 우리도 금방 갈 거예요.”

“괜찮고말고요.” 그 여자가 말한다.

밖으로 나가서 작별인사를 하고 나자 밀드러드 아주머니는 내가 겨우 따라잡을 만한 속도로 성큼성큼 걸어가고, 모퉁이를 돌자마자 질문이 시작된다. 호기심에 통째로 잡아먹힌 사람 같다. 질문 하나에 대답을 마치기도 전에 다음 질문이 날아온다. “너한테 어느 방을 내주던? 킨셀라 씨가 너한테 돈을 줬니? 얼마나? 아주머니가 밤에 술을 마시니? 아저씨는? 사람들이 카드놀이 하러 자주 오니? 누가 왔었는데? 그 남자들은 뭐 때문에 자선 복권을 팔았어? 너 묵주기도는 하니? 아주머니가 페이스트리에 버터를 넣니, 마가린을 넣니? 개는 어디서 자고? 냉동고는 꽉 찼어? 아주머니가 돈을 아끼니, 펑펑 쓰니? 옷장에 아직도 그 애 옷이 걸려 있어?”

나는 모든 질문에 쉽게 대답하지만 마지막 질문에서 막힌다.

“그 애 옷이요?

“그래.” 밀드러드 아주머니가 말한다. “걔 방에서 잔다고 했으니 당연히 알겠지. 못 봤니?”

“어, 제가 여기서 지내는 동안 원래 아주머니가 갖고 있던 옷을 입긴 했지만 오늘 아침에 고리에 가서 다 새로 샀어요.”

“네가 지금 입고 있는 거 말이니? 세상에나.” 아주머니가 말한다. “누가 봐도 백 살은 다 되어가는 줄 알겠다.”

“전 좋아요.” 내가 말한다. “잘 어울린다고 하셨어요.”

“잘 어울린다고? 글쎄. 음.” 아주머니가 말한다. “그렇겠지, 하긴 그동안은 죽은 애 옷을 입고 지냈으니.”

"네?"

"킨셀라 씨네 아들 말이야, 멍청하긴. 몰랐니?"

나는 뭐라고 말해야 할지 모르겠다.

"그게 두 사람이 널 만나기 위해서 굴려야 했던 바윗돌*이었나 보지. 애가 그 집 늙은 사냥개를 따라서 거름 구덩이에 들어갔다가 빠져 죽었지 뭐니?"

나는 계속 걸으면서 밀드러드 아주머니의 말에 대해서 생각하지 않으려 애쓰지만 그 생각밖에 떠오르지 않는다. 해가 질 시간이 다가오고 있지만 오늘이 끝나지 않을 것만 같다. 하늘을 바라보자 아직 높이 뜬 태양이, 구름이, 그리고 저 멀리 이제 막 나오는 둥근 달이 보인다.

"사람들 말로는 존이 총을 꺼내서 개를 밭으로 끌고 갔지만 차마 못 쐈다지? 마음 약한 바보라니까."

빽빽한 산울타리 사이로 계속 걸어가자 덤불 속에서 작은 것들이 부스럭거리며 움직인다. 도랑을 따라 캐모마일

* 어떤 결과를 얻기 위해서 거쳐야 하는 고난을 예수님의 무덤 앞을 막고 있던 바위에 빗댄 말이다.

이, 우드세이지와 야생 민트가, 엄마가 짬을 내서 나에게 이름을 가르쳐준 풀들이 자란다. 저 멀리에서 아까 봤던 길 잃은 암소가 여전히 길을 잃은 채 다른 도로를 헤맨다.

"너도 알겠지만, 두 사람 다 하룻밤 만에 하얗게 셌지 뭐니."

"무슨 뜻이에요?"

"머리카락 말이야. 아니면 뭐겠니?"

"하지만 킨셀라 아주머니 머리는 까만데요."

"까맣다고? 아, 염색약 덕분이겠지." 아주머니가 웃는다.

나는 밀드러드 아주머니가 이렇게 웃는 게 이상하다. 그 옷, 내가 그 옷을 입었던 것, 벽지에 그려진 남자애, 이 모든 것을 연결 짓지 못한 내가 이상하다. 곧 우리는 대문 철창살 사이로 검정 개가 짖는 집에 도착한다.

"입 닥치고 들어가." 아주머니가 검정 개에게 말한다.

밀드러드 아주머니의 집은 현관문 밖에 콘크리트 판을 삐뚤빼뚤하게 붙인 작은 주택으로, 관목은 웃자랐고 땅에서 니포피아가 길쭉하게 자라고 있다. 여기서는 머리를, 발을 조심해야 한다. 안으로 들어가 보니 집은 어수선하고 밀드러드 아주머니보다 나이 많은 여자가 레인지 옆에서 담배를 피우고 있다. 유아용 의자에 아기가 앉아 있다. 아기는 밀드러드 아주머니를 보고 소리를 지르더니 완두콩 한 줌을 의자의 접시받침대 너머로 떨어뜨린다.

"이것 좀 봐." 아주머니가 말한다. "무슨 꼴이야."

아기한테 하는 말인지 나이 많은 여자에게 하는 말인지 모르겠다. 아주머니는 카디건을 벗고 앉아서 초상집에 대해서 얘기하기 시작한다. 누가 왔고, 어떤 샌드위치가 나왔는지, 퀸 케이크는 어땠고, 관에 비뚜름하게 누운 시체는 면도도 제대로 안 되었다고, 불쌍하게도 죽은 노친네한테 플라스틱 묵주를 감아놨다고.

나는 앉아야 할지 서 있어야 할지, 이야기를 들어야 할지 자리를 피해야 할지 모르겠다. 내가 어떻게 할지 결정을 내리려고 할 때 개가 짖고 대문이 열리더니 킨셀라 아저씨가 문틀 아래로 몸을 숙이며 들어온다.

"다들 안녕하십니까." 아저씨가 말한다.

"아, 존." 밀드러드 아주머니가 말한다. "금방 오셨네요. 막 들어온 참인데. 우리도 이제 막 들어왔지, 얘?"

"네."

킨셀라 아저씨는 나에게서 시선을 떼지 않는다. "고마워요, 밀드러드. 얘를 맡아줘서 정말 고마워요."

"아무것도 아니에요." 아주머니가 말한다. "참 조용하네요, 얘는."

"해야 하는 말은 하지만 그 이상은 안 하죠. 이런 애들이 많으면 좋을 텐데요." 아저씨가 말한다. "집에 갈 준비 됐니, 아가?"

내가 일어나자 아저씨가 의례적으로 분위기를 맞추려고 몇 마디 더 한다. 아저씨를 따라 나가서 차에 오르니 킨셀라 아주머니가 기다리고 있다.

"괜찮았니?" 아주머니가 말한다.

나는 그랬다고 말한다.

"뭐 물어보진 않던?"

"몇 가지 물어봤어요. 많이는 아니고요."

"뭘 물어보던데?"

"아주머니가 페이스트리에 버터를 넣는지 마가린을 넣는지 물어봤어요."

"다른 건 또 안 물어봤어?"

"냉동고가 꽉 찼냐고 물어봤어요."

"그럼 그렇지." 킨셀라 아저씨가 말한다.

"다른 말은 안 했어?" 아주머니가 묻는다.

나는 뭐라고 말해야 할지 모르겠다.

"뭐라고 하던데?"

"아주머니랑 아저씨한테 아들이 있었는데 개를 따라 거름 구덩이에 들어갔다가 죽었다고, 제가 지난주 일요일 미사에 입고 간 옷이 그 애의 옷이라고 했어요."

집에 도착하자 개가 일어나서 자동차 앞까지 우리를 마중 나온다. 나는 아주머니나 아저씨가 개를 이름으로 부르는 것을 한 번도 들어본 적 없음을 이제야 깨닫는다. 킨셀라 아저씨가 한숨을 쉬고 우유를 짜러 간다. 집으로 돌아온 아저씨는 아직 잘 준비가 안 됐다고, 오늘 밤은 초상집 때문에 찾아오는 사람도 없을 거라면서 누가 찾아오기를 바라는 건 아니라고 덧붙인다. 아주머니는 위층으로 올라가서 옷을 갈아입고 잠옷 차림으로 내려온다. 킨셀라 아저씨가 내 신발을 벗기고 재킷을 입혀준다. 그 남자애의 옷이라는 걸 이제 나도 안다.

"지금 뭐 하는 거야?" 킨셀라 아주머니가 말한다.

"뭐 하는 거 같은데? 이대로 신고 다니다가 목이라도 부러지면 어떡해?"

아저씨가 약간 비틀거리며 밖으로 나가더니 사포 한 장을 가지고 돌아와서 내가 미끄러지지 않도록 새 구두 밑창을 문지른다.

"자." 아저씨가 말한다. "구두 길들이러 가자."

"벌써 길든 거 아니야? 어딜 데려가려고?"

"바닷가까지만 갈 거야." 아저씨가 말한다.

"조심해, 존 킨셀라." 아주머니가 말한다. "램프도 없이 갈 생각은 하지도 말고."

"오늘 같은 밤에 램프가 왜 필요해?" 아저씨는 이렇게 말하지만 아주머니가 램프를 건네자 순순히 받아 든다.

마당을 비추는 커다란 달이 진입로를 지나 저 멀리 거리까지 우리가 갈 길을 분필처럼 표시해 준다. 킨셀라 아저씨가 내 손을 잡는다. 아저씨가 손을 잡자마자 나는 아빠가 한 번도 내 손을 잡아주지 않았음을 깨닫고, 이런 기분이 들지 않게 아저씨가 손을 놔줬으면 하는 마음도 든다. 힘든 기분이지만 걸어가다 보니 마음이 가라앉기 시작한다. 나는 집에서의 내 삶과 여기에서의 내 삶의 차이를 가만히 내버려 둔다. 아저씨는 내가 발을 맞춰 걸을 수 있도록 보폭을 줄인다. 나는 작은 주택에 사는 아주머니를, 그 여자가 어떻게 걷고 어떻게 말했는지를 생각하다가 사람들 사이에는 아주 커다란 차이가 있다고 결론을 내린다.

교차로에 도착하자 우리는 오른쪽으로 꺾어서 가파르게 경사진 내리막길을 따라 걸어 내려간다. 나무에 거세고 요란한 바람이 불어 마른 가지들을 갈라놓고, 나뭇잎을 일으켜 세워 흔든다. 이 길이 끝나면 바다가 나온다는 사실을 아는 채로 발밑의 길이 점점 낮아지는 것을 느끼니 기분이 좋다. 길은 계속 이어지고 하늘이, 모든 것이 더 환해지는 느낌이다. 킨셀라 아저씨는 별 뜻 없는 말을 몇 마디 하더니 늘 그렇듯 조용해지고, 시간이 흐르지 않는 듯 흘러서 우리는 차를 세워두는 드넓은 모래밭에 도착한다. 타이어 자국과 움푹 팬 자국이 가득하고, 쓰레기통은 오랫동안 비우지 않은 것 같다.

"거의 다 왔다, 아가."

아저씨가 나를 이끌고 가파른 언덕을 올라가자 양쪽 옆에서 키 큰 골풀이 구부러져 흔들린다. 발이 푹푹 빠지는 모래 언덕을 오르다 보니 숨이 찬다. 어느새 우리는 땅이 끝나는 캄캄한 정상에 서 있고, 길쭉한 해변과 바다가 펼쳐진다. 나는 저 깊은 바다가 멀리 잉글랜드까지 이어지는 것을 안다. 저 멀리 어둠 속에서 두 개의 밝은 빛이 깜빡인다.

킨셀라 아저씨가 손을 놓자 나는 사구砂丘 아래로, 검은 바다가 거품 부글거리는 요란한 파도를 출렁이는 곳으로 달려 내려간다. 나는 물러가는 파도를 향해 달리다가 또 다른 파도가 밀려오자 소리를 지르며 뒷걸음질친다. 킨셀라 아저씨가 나를 따라잡고, 우리는 신발을 벗는다. 우리가 바닷가를 따라 걸으니 바다가 맨발 밑의 모래를 할퀸다. 중간중간 아저씨는 내가 달리도록 내버려 둔다. 한번은 아저씨의 무릎에 물이 닿는 곳까지 들어갔다가 아저씨의 목말을 탄다.

"무서울 거 없다!" 아저씨가 말한다.

"네?"

"무서울 거 없다고!"

모래가 깨끗하게 씻겨 발자국 하나 없다. 각종 물건이 파도에 밀려 올라와 사구 근처에 구불구불한 선을 그린다. 플라스틱 병, 막대기, 머리를 잃어버린 대걸레 자루, 더 멀리에는 빗장이 부서진 마구간 문까지.

"어느 집 말인지 몰라도 오늘 밤에 잘 돌아다니겠구나." 킨셀라 아저씨가 말한다. 그런 다음 한참 걸어간다. 이 위는 파도의 소음과 멀어서 조금 더 조용하다. "가끔 어부들이 바다에서 말을 발견하는 거 아니? 언젠가 내가 아는 사람이 바다에 빠진 수컷 망아지를 끌고 나온 적이 있는데, 한참 동안 누워 있다가 일어났다더구나. 아주 멀쩡했대. 너무 오래 돌아다니느라 지쳤을 뿐이었지."

"이상한 일은 일어나기 마련이란다." 아저씨가 말한다. "오늘 밤 너에게도 이상한 일이 일어났지만, 에드나에게 나쁜 뜻은 없었어. 사람이 너무 좋거든, 에드나는. 남한테서 좋은 점을 찾으려고 하는데, 그래서 가끔은 다른 사람을 믿으면서도 실망할 일이 생기지 않기만을 바라지. 하지만 가끔은 실망하고."

아저씨가 웃는다. 이상하고 슬픈 웃음소리다. 나는 뭐라고 해야 할지 모르겠다.

"넌 아무 말도 할 필요 없다." 아저씨가 말한다. "절대 할 필요 없는 일이라는 걸 꼭 기억해 두렴. 입 다물기 딱 좋은 기회를 놓쳐서 많은 것을 잃는 사람이 너무 많아."

오늘 밤은 모든 것이 이상하다. 항상 거기에 있던 바다로 걸어가서, 그것을 보고 그것을 느끼고 어둠 속에서 그것을 두려워하고, 아저씨가 바다에서 발견되는 말들에 대해서, 누구를 믿으면 안 되는지 알아내려고 사람을 믿는 자기 부인에 대해서 하는 이야기를, 내가 완전히 이해하지도 못하고 어쩌면 나에게 하는 것이 아닐지도 모르는 이야기를 듣는다.

우리는 계속 걷다가 절벽과 암벽이 튀어나와 바다와 만나는 곳에 도착한다. 이제 앞으로 갈 수 없으니 돌아가야 한다. 어쩌면 여기까지 온 것은 돌아가기 위해서일지도 모른다. 납작하고 하얀 조개껍데기가 모래밭으로 밀려 올라와 여기저기서 반짝인다. 나는 허리를 굽혀 조개껍데기를 줍는다. 내 손안의 조개껍데기가 매끈하고 깨끗하고 연약하다. 우리는 해변을 따라 걸어온 길을 돌아간다. 더 이상 앞으로 나아갈 수 없는 지점에 도달할 때까지 걸었던 것보다 더 먼 거리를 걷고 있는 것만 같다. 마침 달이 캄캄한 구름 뒤로 사라지는 바람에 우리가 가는 길이 보이지 않는다. 킨셀라 아저씨가 한숨을 쉬고 걸음을 멈추더니 램프를 켠다.

"여자들 말이 항상 옳다니까. 예외가 없어." 아저씨가 말한다. "여자한테 무슨 재능이 있는지 아니?"

"뭔데요?"

"예감. 좋은 여자는 멀리 내다보면서, 남자는 낌새를 채기도 전에 무슨 일이 생길지 미리 알아차리지."

아저씨가 우리 발자국을 따라가려고 해변에 불빛을 비추지만 내 발자국밖에 보이지 않는다.

"저기서는 네가 날 업고 왔나 보다." 아저씨가 말한다.

나는 내가 아저씨를 업는다는 것이 너무 말도 안 돼서 웃지만 곧 그것이 농담이었음을, 그 농담을 내가 알아들었음을 깨닫는다.

달이 다시 나오자 아저씨가 램프를 끄고, 우리는 달빛 속에서 사구를 내려왔던 길을 쉽게 찾아 따라간다. 사구 꼭대기에 도착해서 신발을 신으려 하자 아저씨가 나를 말리며 직접 신겨준다. 그런 다음 자기 신발을 신고 끈을 묶는다. 우리는 자리에서 일어나 잠시 멈춰 서서 바다를 돌아본다.

"보렴, 저기 불빛이 두 개밖에 없었는데 이제 세 개가 됐구나."

내가 저 멀리 바다를 본다. 아까처럼 불빛 두 개가 깜빡이고 있지만 또 하나가, 두 불빛 사이에서 또 다른 불빛이 꾸준히 빛을 내며 깜빡인다.

"보이니?" 아저씨가 말한다.

"네." 내가 말한다. "저기 보여요."

바로 그때 아저씨가 두 팔로 나를 감싸더니 내가 아저씨 딸이라도 되는 것처럼 꼭 끌어안는다.

6

일주일 동안 비가 내리고 나서 목요일에 편지가 온다. 놀랍다기보다 가슴이 철렁한다. 낌새는 이미 있었다. 약국에 나와 있던 머릿니 샴푸와 살이 촘촘한 참빗. 선물 가게에는 습자 연습장이 높다랗게 쌓여 있고 색색의 볼펜, 자, 제도용품 세트가 진열되어 있었다. 철물점은 여자들이 볼 수 있도록 도시락 통과 책가방, 헐링* 스틱을 가게 앞에 내놓

* hurling. 하키와 비슷한 아일랜드의 운동경기.

았다.

우리는 집으로 돌아와서 수프를 덜어 빵을 찍은 다음 쪼개서, 이제 서로를 잘 알기 때문에 약간 후루룩거리며 먹는다. 잠시 후 헛간으로 킨셀라 아저씨를 따라가자 아저씨는 나에게 자기가 용접을 하는 동안 절대 들여다보지 않겠다는 약속을 받아낸다. 나는 오늘 내내 아저씨를 따라다니고 있음을 깨닫지만 어쩔 수가 없다. 우편물 올 시간이 지났지만 아저씨는 저녁때까지, 우유를 짠 다음 착유실을 쓸고 문질러 닦을 때까지 우편물을 가져오라고 시키지 않는다.

"시간이 된 것 같구나." 아저씨가 호스로 장화를 씻으며 말한다.

나는 현관 앞 계단을 출발대 삼아 자세를 취한다. 킨셀라 아저씨가 손목시계를 보면서 손으로 허공을 가른다. 나는 곧장 출발해서 마당과 진입로를 지나, 모퉁이를 바짝 붙어 돈 다음 우편함을 열고, 편지를 꺼내고, 다시 현관 앞 계단까지 달려온다. 기록이 어제만큼 좋지 않다는 걸 이미 알고 있다.

"첫날보다 19초 빨라졌네." 킨셀라 아저씨가 말한다. "그리고 땅이 축축한데도 어제보다 2초 줄었어. 꼭 바람 같구나, 너는."

아저씨가 우편물을 받아 들고 훑어보지만, 오늘은 봉투 안에 뭐가 들어 있는지 농담을 하는 대신 잠시 행동을 멈춘다.

"엄마 편지예요?"

"음." 아저씨가 말한다. "그럴 수도 있을 것 같은데."

"저 집에 돌아가야 돼요?"

"글쎄, 에드나 앞으로 왔으니 에드나한테 주면서 읽으라고 하는 게 좋겠다."

우리는 아주머니가 다리를 올리고 앉아서 뜨개질 도안집을 넘겨 보고 있는 거실로 간다. 난로 받침대에 불붙은 석탄이 하나 있고, 검은 연기 한 줄기가 안쪽으로 들어오고 있다.

"우리 굴뚝 청소를 너무 안 했어, 존. 분명히 까마귀가 둥지를 틀었을 거야."

킨셀라 아저씨가 아주머니의 무릎에, 보던 책 위에 편지를 올린다. 앞뒤를 전부 채워 쓴 작은 종이다. 아주머니가 똑바로 앉더니 편지를 뜯어서 읽는다. 그런 다음 편지를 내려놓았다가 집어 들고 다시 읽는다.

"으음." 아주머니가 말한다. "남동생이 생겼구나. 4.1킬로그램이래."

"참 잘됐네요." 내가 말한다.

"너무 그러지 마." 킨셀라 아저씨가 나무란다.

"네?" 내가 말한다.

"그리고 월요일에 개학이래." 아주머니가 말한다. "주말에 널 데려다 달라는구나, 옷도 준비하고 해야 한다고."

"그럼 돌아가야 하는 거예요?"

"그래." 아주머니가 말한다. "그렇지만 너도 알고 있었잖니?"

나는 고개를 끄덕이고 편지를 본다.

"우리처럼 나이 많은 가짜 부모랑 여기서 영영 살 수는 없잖아."

나는 그 자리에 선 채 불을 빤히 보면서 울지 않으려고 애쓴다. 울지 않으려고 애쓰는 건 정말 오랜만이고, 그래서 울음을 참는 게 세상에서 제일 힘든 일이라는 사실이 이제야 떠오른다. 킨셀라 아저씨가 밖으로 나가는 것 같다. 소리가 들린다기보다 느껴진다.

"속상해하지 말고." 아주머니가 말한다. "자, 이리 오렴."

아주머니가 책에 실린 스웨터들을 보여주면서 뭐가 제일 좋은지 묻지만 도안이 전부 흐릿해지더니 하나가 되어버린다. 나는 아무거나 하나를, 쉬워 보이는 파란색 도안을 가리킨다.

"와, 여기서 제일 어려운 걸 골랐구나." 아주머니가 말한다. "이번 주에 시작해야겠다. 까딱하다가는 다 떴을 때 네가 너무 자라 있어서 입지도 못하겠어."

7

집에 가야 한다는 사실을 알고 나니 차라리 빨리 가고 싶다. 얼른 끝내고 싶다. 나는 평소보다 일찍 일어나서 축축한 밭과 물이 뚝뚝 떨어지는 나무들, 언덕들을 내다본다. 처음 왔을 때보다 더 푸르러진 것 같다. 생각해 보니 침대에 오줌을 싸고 뭔가 깨뜨릴까 봐 걱정했던 그때가 너무나 멀게 느껴진다. 킨셀라 아저씨는 종일 뭔가를 하며 돌아다니지만 아무 일도 끝내지 못한다. 아저씨는 앵글그라인더의 디스크 날이 없다고, 용접봉이 없다고, 고정식 펜치를

못 찾겠다고 말한다. 한참 동안 날씨가 좋아서 일을 많이 했기 때문에 남은 일이 별로 없다고 한다.

우리는 밖에서 이유식 먹는 송아지들을 보고 있다. 킨셀라 아저씨가 따뜻한 물로 우유를 대신할 이유식을 만들었고, 송아지들은 기다란 고무젖꼭지가 마를 때까지 빨아 먹는다. 참 이상하다. 엄마 소의 우유를 짜서 내다 팔기 위해서 젖소에게서 송아지를 떼어내 우유 대신 다른 걸 먹인다니. 하지만 송아지는 만족스러워 보인다.

"오늘 저녁에 데려다주시면 안 돼요?"

"오늘 저녁에?" 킨셀라 아저씨가 말한다.

"네." 내가 고개를 끄덕인다.

"언제든 안 될 이유야 없지." 아저씨가 말한다. "네가 원하면 언제든 데려다주마, 아가."

나는 눈앞의 날을 가만히 바라본다. 여느 날과 똑같다. 마당 위로 평평한 회색 하늘이 걸려 있고 축축하게 젖은 개가 현관문 앞에서 보초를 선다.

"음, 그러면 우유를 일찍 짜는 게 좋겠구나." 아저씨가 말한다. "그래." 그런 다음 내가 이미 가고 없는 것처럼 나를 지나쳐 마당으로 내려간다.

아주머니가 나에게 갈색 가죽가방을 준다. "낡은 거지만 가져도 된단다." 아주머니가 말한다. "우린 아무 데도 안 가서 쓸 일이 없어."

우리는 내 옷을 개서 그 안에 넣고 고리의 웹스 서점에서 산 책도 넣는다. 『하이디』, 『다음으로 케이티가 한 일은 What Katy Did Next』, 『눈의 여왕』. 처음에는 약간 어려운 단어 때문에 쩔쩔맸지만 킨셀라 아저씨가 단어를 하나하나 손톱으로 짚으면서 내가 짐작해서 맞히거나 비슷하게 맞힐 때까지 참을성 있게 기다려주었다. 이윽고 나는 짐작으로 맞힐 필요가 없어질 때까지 그런 식으로 계속 읽어나갔다. 자전거를 배우는 것과 같았다. 출발하는 것이 느껴지고, 전에는 갈 수 없었던 곳들까지 자유롭게 가게 되었다가, 나중엔 정말 쉬워진 것처럼.

킨셀라 아주머니는 노란 비누와 세수수건, 머리빗을 준다. 물건을 하나하나 모으면서 나는 우리가 함께한 나날을, 우리가 물건을 샀던 곳과 이따금 나누었던 대화를, 그리고 거의 항상 빛나고 있던 태양을 떠올린다.

바로 그때 자동차 한 대가 마당으로 들어와 선다. 카드놀이를 했던 밤에 본 이웃집 아저씨다.

"에드나." 이웃집 아저씨가 허둥대며 말한다. "존 있어요?"

"착유실에 갔어요." 아주머니가 말한다. "지금쯤 끝났을 거예요."

이웃집 아저씨가 웰링턴 부츠를 신은 묵직한 발로 마당을 달려 내려가고, 잠시 후 킨셀라 아저씨가 현관문으로 고개를 들이민다.

"조 포천이 송아지를 꺼낼 일손이 필요하다는군." 아저씨가 말한다. "착유실 뒷정리 좀 해주겠어? 소들은 밖에 있어."

"알았어."

"최대한 빨리 올게."

"그래, 나도 알지."

아주머니가 모자 달린 방한용 재킷을 걸치고 착유실을 향해 마당을 내려간다. 나는 초조하게 앉아서 아주머니를 도우러 가야 할까 생각하지만 방해만 될 거라는 결론을 내린다. 그래서 나는 화덕 앞에 가만히 앉아 있다가 식기실에서 흔들리는 촉촉한 빛을 본다. 아연 양동이가 반짝인다. 우물에 가서 물을 떠 와야겠다. 아주머니가 돌아와서 차를 마실 수 있을 테니. 내가 마지막으로 할 수 있는 일이다.

나는 그 남자애의 재킷을 걸친 다음 양동이를 들고 밭을 따라 걸어간다. 발자국을 따라서 소 떼를 지나치고 전기 울타리를 지나는 길을 다 알기에, 이제 우물은 눈 감고도 찾아갈 수 있다. 목책 중간의 사다리를 넘어 나온 길이 여기 온 첫날 저녁에 아주머니와 갔던 길과 전혀 달라 보인다. 지금은 진흙투성이에 군데군데 미끄럽다. 나는 작은 철문까지 터벅터벅 걸어가 계단을 내려간다. 요즘 들어 수위가 훨씬 높아졌다. 여기 온 첫날에는 다섯 번째 단까지 내려갔었는데, 지금은 첫 번째 단에 서 있는데도 높이 올라온 수면이 보인다. 내가 서 있는 계단의 바로 아랫단 끝에서 넘실거린다. 나는 가만히 서서 숨을 쉰다. 돌아오는 숨소리를 마지막으로 들으려고 일부러 힘차게 숨을 쉰다. 그런 다음 아주머니가 그랬던 것처럼 양동이를 들고 몸을 숙여서 물에 띄웠다가, 삼키게 했다가, 가라앉힌다. 하지만 양동이를 들어 올리려고 남은 한 손을 마저 뻗었을 때 내 손과 똑같은 손이 물에서 불쑥 나오는 듯하더니 나를 물속으로 끌어당긴다.

8

집에 돌아간 것은 그날 저녁도, 다음 날 저녁도 아니라 그다음 날인 일요일 저녁이다. 내가 푹 젖은 채 우물에서 돌아오자 아주머니는 나를 흘깃 보고 잠시 꼼짝도 않더니 얼른 안으로 데리고 들어가서 내 침대를 다시 정리해 주었다. 다음 날 아침, 나는 열이 없었지만 아주머니는 위층에서만 쉬도록 하고 레몬과 정향, 꿀을 넣은 따뜻한 음료와 아스피린을 가져다주었다.

"오한이 든 것뿐이야, 그저." 킨셀라 아저씨의 말소리가 들렸다.

“무슨 일이 일어날 뻔했는지 생각하면 정말.”

“그 말 한 번만 더 하면 백 번이야.”

“그래도—”

“아무 일도 없었고 애도 멀쩡해. 그럼 된 거야.”

나는 뜨거운 물병을 끌어안고 누워서 빗소리에 귀를 기울이고, 책을 읽으며 무슨 일이 일어났는지 자세히 되짚어보고 매번 다른 결말을 상상한다. 또 꾸벅꾸벅 졸면서 계속 이상한 꿈을 꾼다. 밤의 해변에서 길을 잃고 겁에 질린 어린 암소, 젖통에 우유가 하나도 없는 깡마른 갈색 암소들, 사과나무에 올라갔다가 나무에 끼어버린 엄마. 그러다가 잠에서 깨 고깃국과 아주머니가 주는 것을 뭐든 마신다.

일요일이 되자 나는 일어나도 좋다는 허락을 받고, 우리는 짐을 전부 다시 싼다. 저녁이 다가오자 우리는 식사를 하고, 씻고, 좋은 옷으로 갈아입는다. 구름을 벗어난 태양이 길고 서늘한 햇살을 완만하게 비추며 꾸물거리고, 마당은 드문드문 말라 있다. 우리는 내가 바라는 것보다 빨리 준비를 마치고 자동차에 올라 진입로를 내려간 다음 고리를 지나 카뉴와 실레일리를 통과하는 좁은 도로를 다시 달린다.

"저기서 아빠가 카드 게임을 하다가 붉은 암소를 잃었어요." 내가 말한다.

"정말이야?" 킨셀라 아저씨가 말한다.

"무슨 내기 같은 거였니?" 아주머니가 말한다.

"꽤 손해가 컸겠네." 킨셀라 아저씨가 말한다.

우리는 파크브리지를 지나고 낡은 학교가 서 있는 언덕을 넘어 우리 집 앞 도로를 향해서 계속 달린다. 진입로의 대문이 닫혀 있어서 킨셀라 아저씨가 차에서 내려 연다. 아저씨는 대문을 통과한 다음 다시 닫고, 아주 천천히 우리 집을 향해 차를 몬다. 나는 이제 아주머니가 어떤 말을 할지 말지 마음을 정하고 있는 것이 느껴지지만 결론을 모르겠다. 아주머니는 아무런 힌트도 주지 않는다. 차가 집 앞에 멈추자 개들이 짖고 언니들이 달려 나온다. 엄마가 이제 막내가 아니라 끝에서 두 번째가 된 동생을 안고 창밖을 내다보는 모습이 보인다.

안으로 들어가니 집이 축축하고 차갑다. 리놀륨 바닥은

더러운 발자국투성이다. 엄마는 남동생을 안고 서서 나를 바라본다.

"좀 컸구나." 엄마가 말한다.

"네." 내가 말한다.

"'네'라고 했니?" 엄마가 말하고는 눈썹을 치켜올린다.

엄마는 킨셀라 부부에게 인사한 다음 잘 오셨다고, 앉으라고 하더니—앉을 만한 자리도 없지만 말이다—식탁 밑 양동이에서 물을 떠서 주전자를 채운다. 나는 창문 아래 놓인 자동차 좌석으로 만든 의자 위의 장난감을 치워 자리를 만들어 앉는다. 엄마가 찬장에서 머그잔을 꺼내고, 빵을 썰고, 버터와 잼을 꺼낸다.

"아, 잼 가져왔어." 킨셀라 아주머니가 말한다. "이따 줄게. 까먹지 않게 말해줘, 메리."

"이거 그때 준 루바브로 만든 거예요." 엄마가 말한다. "마지막 남은 거지만."

"더 가져올걸 그랬네." 아주머니가 말한다. "미처 생각을 못 했어."

"새로 생긴 가족은 어디 있지?" 킨셀라 아저씨가 묻는다.

"아, 위층에 있어요. 곧 소리가 들릴 거예요."

"밤에 안 깨고 잘 자?"

"자다 깨다 해요." 엄마가 말한다. "그러다가 아무 때나 신이 나서 까르륵거려요."

언니들은 내가 잉글랜드에서 온 사촌이라도 되는 것처럼 멀뚱히 보고 있다가 가까이 다가와서 내 원피스랑 구두 버클을 만져본다. 언니들은 조금 달라진 것 같다. 더 마른 것 같고 더 말이 없다. 우리는 식탁 앞에 앉아서 빵을 먹고 차를 마신다. 위층에서 울음소리가 들리자 엄마가 남동생을 킨셀라 아주머니에게 넘겨주고 아기를 데리러 간다. 분홍색의 아기가 주먹을 꽉 쥔 채 운다. 바로 위의 남동생보다 더 크고 강해 보인다.

"정말 건강해 보이네. 잘 커라." 킨셀라 아저씨가 말한다.

"너무 귀엽다." 킨셀라 아주머니가 다른 아이를 안은 채 말한다.

엄마가 한 손으로 차를 더 따라 주고 자리에 앉더니 아기에게 젖을 먹이려고 가슴을 드러낸다. 엄마가 킨셀라 아저씨를 앞에 둔 채 그러는 것을 보고 나는 얼굴을 붉힌다.

내 얼굴이 빨개지자 엄마가 나를 한참 동안 의미심장하게 바라본다.

“댄은 없나?” 킨셀라 아저씨가 말한다.

“아까 나갔어요. 어디로 갔는지 모르지만.” 엄마가 말한다.

그런 다음 소소한 대화가 시작되고, 대화는 잠시 세 사람 사이에서 여기저기 부딪치며 굴러간다. 곧 밖에서 자동차 소리가 들린다. 아빠가 모습을 드러내고 그릇장에 모자를 던질 때까지 아무도 말을 하지 않는다.

“다들 안녕하십니까.” 아빠가 말한다.

“댄.” 킨셀라 아저씨가 말한다.

“아, 탕아가 돌아왔네.” 아빠가 말한다. “우리한테 돌아왔구나, 응?”

나는 그렇다고 말한다.

“말썽은 안 부리던가요?”

“말썽이라고?” 킨셀라 아저씨가 말한다. “애가 아주 착하던데.”

“그래요?” 아빠가 앉으며 말한다. “그거 정말 다행이네요.”

“앉아서 저녁 식사 해야지.” 킨셀라 아주머니가 말한다.

"저녁 대신 마시고 왔어요." 아빠가 말한다. "저기 파크브리지에서요."

엄마가 아기에게 반대편 젖을 물리고 화제를 바꾼다. "뭐 새로운 소식 없어요?"

"전혀 없어." 킨셀라 아저씨가 말한다. "우리는 아주 잠잠해."

그때 내가 재채기를 하고 주머니에서 손수건을 꺼내서 코를 푼다.

"감기 걸렸니?" 엄마가 말한다.

"아니요." 내가 쉰 목소리로 말한다.

"안 걸렸다고?"

"아무 일도 없었어요."

"무슨 말이니?"

"감기 안 걸렸다고요." 내가 말한다.

"그렇구나." 엄마가 나를 다시 의미심장하게 보며 말한다.

"지난 며칠 동안 누워 있었어." 킨셀라 아저씨가 말한다. "오한이 좀 들었나 봐."

"네." 아빠가 말한다. "제대로 돌보질 못하시는군요? 본인도 아시잖아요."

"댄." 엄마가 얼음장 같은 목소리로 말한다.

킨셀라 아주머니는 구스베리 잼을 만들던 날처럼 불편해 보인다.

"이제 그만 가봐야겠군." 킨셀라 아저씨가 말한다. "갈 길이 멀어서."

"아, 뭘 그렇게 서두르세요?" 엄마가 말한다.

"서두르는 게 아니야, 메리. 원래 그렇잖아. 소들이 늑장부릴 겨를을 안 준다니까."

아저씨가 자리에서 일어나 아주머니가 안고 있던 남동생을 받아서 아빠에게 건넨다. 아빠가 동생을 받아 안고 엄마의 품에서 젖을 먹는 아기를 본다. 나는 다시 재채기를 하고 코를 푼다.

"그 꼴로 돌아오다니, 잘한다." 아빠가 말한다.

"재가 감기에 걸린 게 처음도 아니고 마지막도 아닐 거야." 엄마가 말한다. "애들한테 다 옮기지는 않겠지?"

"당신, 갈 준비 됐어?" 킨셀라 아저씨가 묻는다.

그러자 킨셀라 아주머니가 자리에서 일어나고, 두 사람

은 작별인사를 한 다음 밖으로 나간다. 나는 아기를 안은 엄마와 함께 두 사람을 따라서 자동차 앞까지 나간다. 킨셀라 아저씨가 잼 상자와 25킬로그램짜리 감자 자루를 꺼낸다.

"포슬포슬해." 아저씨가 말한다. "퀸 품종이야, 메리."

우리는 잠깐 가만히 서 있다가 엄마가 두 사람에게 고맙다고, 나를 맡아주다니 정말 친절하다고 말한다.

"하나도 힘들 게 없었어." 킨셀라 아저씨가 말한다.

"정말 잘 지냈고, 앞으로도 언제든지 맡겨도 돼." 아주머니가 말한다.

"아주 좋은 딸을 뒀어, 메리." 킨셀라 아저씨가 말한다. "책 계속 열심히 읽어라." 아저씨가 나에게 말한다. "다음에 왔을 때는 습자 연습장에 금별을 받아서 아저씨한테 보여주는 거다." 그런 다음 아저씨가 내 얼굴에 입맞춤을 하고 아주머니가 나를 안아준다. 나는 두 사람이 차에 오르는 모습을 보고, 문이 닫히는 것을 느끼고, 시동이 켜지고 차가 움직이기 시작하자 흠칫 놀란다. 킨셀라 아저씨는 여기 올 때보다 더 서두르는 것 같다.

"무슨 일이 있었던 거니?" 차가 떠나고 나서 엄마가 말한다.

"아무 일도 아니에요." 내가 말한다.

"말해."

"아무 일도 없었어요." 다른 사람도 아닌 엄마가 묻고 있지만 나는 무슨 일이 있었는지 절대 말할 필요가 없다는 것을 알 만큼 충분히 배웠고, 충분히 자랐다. 입을 다물기 딱 좋은 기회다.

자갈 진입로에서 자동차가 브레이크를 밟는 소리와 대문이 열리는 소리가 들리고, 어느새 나는 내가 제일 잘하는 일을 하고 있다. 생각할 필요도 없는 일이다. 나는 선 자세에서 곧장 출발하여 진입로를 달려 내려간다. 심장이 가슴속이 아니라 내 손에 쥐어져 있는 것 같다. 나는 내 마음을 전하는 전령이 된 것처럼 그것을 들고 신속하게 달리고 있다. 여러 가지 일들이 마음속을 스친다. 벽지에 그려진 남자아이, 구스베리, 양동이가 나를 아래로 잡아당기던 그 순간, 길 잃은 어린 암소, 젖은 매트리스, 세 번째 빛. 나는 내 여름을, 지금을, 그리고 대체로 지금 이 순간만을 생각한다.

모퉁이를 돌아 차마 똑바로 쳐다볼 용기가 나지 않는 곳에 도착하니 아저씨가 대문 쥠쇠를 돌려놓고 다시 잠그고 있다. 아저씨의 시선은 아래를 향하고 있다. 자기 손을, 자신이 하고 있는 일을 보고 있는 것 같다. 내 발이 진입로 중앙에 풀이 지저분하게 자란 부분을 따라 달리며 울퉁불퉁한 자갈을 세차게 밟는다. 지금 나에게 중요한 것은 딱 하나밖에 없고, 내 발이 나를 그곳으로 데려간다. 아저씨는 나를 보자마자 딱 멈추더니 꼼짝도 하지 않는다. 나는 망설임 없이 아저씨를 향해 계속 달려가고, 그 앞에 도착하자 대문이 활짝 열리고 아저씨의 품에 부딪친다. 아저씨가 팔로 나를 안아 든다. 아저씨는 한참 동안 나를 꼭 끌어안는다. 쿵쾅거리는 내 심장이 느껴지고 숨이 헐떡거리더니 심장과 호흡이 제각각 다르게 차분해진다. 어느 순간, 시간이 한참 지난 것만 같은데, 나무 사이로 느닷없는 돌풍이 불어 우리에게 크고 뚱뚱한 빗방울을 떨어뜨린다. 눈을 감으니 아저씨가 느껴진다. 차려입은 옷을 통해 전달되는 아저씨의 열기가 느껴진다. 내가 마침내 눈을 뜨고 아저씨의 어깨 너머를 보자 아빠가 보인다. 손에 지팡이를 들고 흔들림

없이 굳세게 다가온다. 나는 손을 놓으면 물에 빠지기라도 할 것처럼 아저씨를 꼭 붙든 채 아주머니가 목구멍 속으로 흐느끼다가 울다가를 반복하는 소리를 듣는다. 꼭 한 명이 아니라 두 명 때문에 우는 것 같다. 나는 차마 눈을 뜰 수가 없지만 그래도 억지로 뜬다. 킨셀라 아저씨의 어깨 너머 진입로를, 아저씨가 볼 수 없는 것을 뚫어져라 쳐다본다. 아저씨의 품에서 내려가서 나를 자상하게 보살펴 준 아주머니에게 절대로, 절대로 말하지 않겠다고 얘기하고 싶은 마음도 굴뚝같지만, 더욱 심오한 무언가 때문에 나는 아저씨의 품에 안긴 채 꼭 잡고 놓지 않는다.

"아빠." 내가 그에게 경고한다. 그를 부른다. "아빠."

감사의 말

친절함을 베풀어준 리처드 포드에게, 《스팅잉 플라이The Stinging Fly》의 디클랜 미드에게, 그리고 아일랜드 문학상을 후원하는 데이비 번스의 레드먼드 도란에게 감사의 말을 전한다.

옮긴이의 말

아일랜드 작가 클레어 키건의 『맡겨진 소녀Foster』는 2010년 2월 《뉴요커》에 축약된 형태로 처음 발표되었고, 같은 해 10월에 단편 소설로서는 이례적으로 단독 출판되었다. 분량은 중편 소설에 가깝지만 작가 본인은 중편 소설의 호흡이 아니기 때문에 "긴 단편 소설"이라고 말한다. 우물, 양동이, 물에 비친 소녀의 모습이라는 이미지에서 시작된 이 소설은 같은 아일랜드 작가인 윌리엄 트레버나 셰이머스 히니와 비견되는 작품답게 1981년 아일랜드 시골 지역을 배

경으로 어머니의 출산을 앞두고 여름 몇 달 동안 친척 집에 맡겨지는 어린 소녀의 이야기를 들려준다.

무심하고 거친 아버지, 다섯째 아이를 임신한 채 아이들을 돌보고 집안일과 밭일까지 신경 쓰느라 지친 어머니, 넉넉하지 않은 경제적 형편 때문에 제대로 된 보살핌과 관심을 받지 못하던 주인공 소녀는 경제적으로 넉넉하지만 아이가 없는 먼 친척 집에 맡겨지면서 처음으로 애정 어린 보살핌을 받는다. 아주 살갑게 대하지는 않지만 아이가 첫날 밤 침대에 오줌을 싸도 모르는 척 습한 방에 재운 자기 잘못이라고 말하는 아주머니나 바깥일을 하고 들어와 자연스럽게 식사 준비를 같이 하고 아이에게 매일 우편함까지 달리기를 시키며 시간을 재주는 아저씨는 떨어진 루바브 줄기 하나 주울 줄 모르는 아버지와 무척 다르다. 아이는 킨셀라 부부의 살뜰한 보살핌 속에서 제대로 대답하는 법을 배우고 책 읽는 법도 배우며 따뜻한 계절을 보낸다. 뉴스에서 들려오는 단식 투쟁 소식을 통해 얼핏 알 수 있듯이 1981년의 아일랜드는 무척 혼란한 상황이었지만 킨셀라 부부의 집에서 보내는 여름은 찬란하고 평화롭기만

하다. 그러나 킨셀라 부부의 집에 있던 남자애 옷만 입다가 처음으로 시내에 나가서 제대로 된 옷을 산 날, 아이는 동네 초상집에 갔다가 킨셀라 부부의 비밀스러운 아픔을 알게 된다. 곧이어 건강한 남동생이 태어났다는 소식이 들려오면서 찬란한 여름은 끝난다.

초상집에 다녀와서 아저씨와 해변으로 긴 산책을 갔던 아름다운 밤에 킨셀라 아저씨는 "입 다물기 딱 좋은 기회를 놓쳐서 많은 것을 잃는 사람이 너무 많다"고 말한다. 킨셀라 씨가 이웃에게 주인공 소녀에 대해서 "해야 하는 말은 하지만 그 이상은 안 하"는 아이라고 칭찬하거나 책의 마지막 장면에서 아주머니에게 "절대로 말하지 않겠다"고 전하고 싶어 하는 아이의 생각 등, 이 책에서 반복해서 등장하는 '아무 말도 하지 않는 것의 중요성'은 클레어 키건의 소설 자체에 대한 말처럼 들리기도 한다. 함축적이고 여백이 많은 글로 분위기나 감정을 오히려 정확하게 전달하는 클레어 키건은 "애쓴 흔적을 들어내는 데 많은 공을 들인다"며 "애써 설명하는 것보다 독자의 지력을 믿는 것"이 중요하다고 말한다. 명확하게 설명하기보다 암시에서 그치는 이 소설의 아름다움은 맨 마지막 장면에서 가장 빛을 발한다. 집으로 데려다주고 떠나는 아저씨에게 있는 힘껏 달려가 안긴 채 자신을 데리러 오는 아빠를 보며 "아빠, 아빠"라고 부르는 아이의 말은 뒤가 보이지 않는 아저씨에게 자기 아빠가 오고 있다고 경고하는 말이기도 하지만 그동안 자신을 사랑으로 돌봐준 킨셀라 아저씨를 아빠라고 부르는 말처럼 들리기도 한다. 구체적인 해석은 독자에게 맡기면서 정확한 단어 선택으로 분위기를 선명하게 전달하는 클레어 키건의 글은 경계가 불분명하지만 색채가 선명한 수채화처럼 아름답다.

허진

옮긴이 허진

서강대학교 영어영문학과와 이화여자대학교 통번역대학원 번역학과를 졸업했다. 옮긴 책으로 조지 오웰의 『조지 오웰 산문선』, 샐리 루니의 『친구들과의 대화』, 엘리너 와크텔의 『작가라는 사람』, 지넷 윈터슨의 『시간의 틈』, 도나 타트의 『황금방울새』, 마틴 에이미스의 『런던 필즈』와 『누가 개를 들여놓았나』, 나기브 마푸즈의 『미라마르』, 아모스 오즈의 『지하실의 검은 표범』 등이 있다.

맡겨진 소녀

초판 1쇄 발행 2023년 4월 21일
초판 41쇄 발행 2024년 10월 2일

지은이 클레어 키건
옮긴이 허진
펴낸이 김선식

부사장 김은영
콘텐츠사업본부장 임보윤
책임편집 이한나 **책임마케터** 이고은
콘텐츠사업3팀장 이승환 **콘텐츠사업3팀** 김한솔, 권예진, 이한나
마케팅본부장 권장규 **마케팅2팀** 이고은, 배한진, 양지환 **채널팀** 권오권
미디어홍보본부장 정명찬 **브랜드관리팀** 오수미, 김은지, 이소영, 서가을
뉴미디어팀 김민정, 이지은, 홍수경, 변승주
지식교양팀 이수인, 염아라, 석찬미, 김혜원, 박장미, 박주현
편집관리팀 조세현, 김호주, 백설희 **저작권팀** 이슬, 윤제희
재무관리팀 하미선, 김재경, 임혜정, 이슬기, 김주영, 오지수
인사총무팀 강미숙, 지석배, 김혜진, 황종원
제작관리팀 이소현, 김소영, 김진경, 최완규, 이지우, 박예찬
물류관리팀 김형기, 김선민, 주정훈, 김선진, 한유현, 전태연, 양문현, 이민운

펴낸곳 다산북스 **출판등록** 2005년 12월 23일 제313-2005-00277호
주소 경기도 파주시 회동길 490
전화 02-704-1724 **팩스** 02-703-2219 **이메일** dasanbooks@dasanbooks.com
홈페이지 www.dasan.group **블로그** blog.naver.com/dasan_books
종이 IPP **인쇄** 민언프린텍 **후가공** 평창피앤지 **제본** 국일문화사

ISBN 979-11-306-9819-9 (03840)

- 책값은 뒤표지에 있습니다.
- 파본은 구입하신 서점에서 교환해드립니다.
- 이 책은 저작권법에 의하여 보호를 받는 저작물이므로 무단 전재와 복제를 금합니다.

다산북스(DASANBOOKS)는 책에 관한 독자 여러분의 아이디어와 원고를 기쁜 마음으로 기다리고 있습니다.
출간을 원하는 분은 다산북스 홈페이지 '원고 투고' 항목에 출간 기획서와 원고 샘플 등을 보내주세요.
머뭇거리지 말고 문을 두드리세요.